Un bonobo en boubou
Épisode 1 : L'infiltration

Des mêmes auteurs chez le même éditeur :

Déjà paru :

La spatule de l'espoir : Le combat d'une mère (mars 2017)

À paraître en décembre 2018

Un bonobo en boubou : Épisode 2 – La révolte (titre provisoire)

Paul Tsamo & Amisi Lieke

Un bonobo en boubou

Épisode 1 : L'infiltration

Éditions **BoD** - Books on Demand

© Paul Tsamo & Amisi Lieke 2017

Tous droits réservés.

Édition : **BoD** - Books on Demand, 12/14 rond point des Champs Élysées, 75008 Paris, France

Impression : **BoD** - Books on Demand, Norderstedt, Allemagne

ISBN : 978-2-322-08487-6

Dépôt légal : décembre 2017

" Celui qui doit survivre survit même si tu l'écrases dans un mortier."

Proverbe africain

Le rituel prénuptial

J'entends un cri, puis un hurlement. Je stoppe ma course, lève la tête et prête l'oreille. Un épervier plane dans le ciel en caquetant. Aussitôt, il disparaît. Puis, plus de bruit. C'est le silence. Je me tourne et regarde mon père. Il est assis devant sa maison et confectionne imperturbablement ses paniers de cueillette.

Je suis sûr d'avoir entendu une voix.

Mon esprit se met à divaguer, au point que le bâton avec lequel je pousse mon jouet m'échappe. D'un geste du pied, je tente de le rattraper. Mais, il tombe. Je me courbe pour le ramasser. Immédiatement, mon attention est attirée par des empreintes au sol.

Miséricorde ! Çà, ce ne sont pas les marques de pas d'un être humain ! Qu'est-ce que ça peut être ?

Du coin de l'œil, j'aperçois une ombre passer à vive allure. Je me lève, ferme les yeux et les frotte un court instant. Puis, je les ouvre. Nos deux nouvelles poules surgissent du champ. Elles atterrissent dans la cour par le fond, en empruntant les trous de la palissade. Elles se mettent à courir en gloussant à tue-tête. Maman les a achetées, il y a environ trois mois, par anticipation pour la prochaine fête de Noël.

- Qu'est-ce qui ne va pas ? chuchoté-je aux volailles. Que faites-vous là à seize heures ? Qu'avez-vous vu ? Un fantôme ?

Bien sûr, les poules ne me répondent pas. Au contraire, elles cessent tout d'un coup de jacasser, comme si elles avaient peur de quelque chose. Je les sens stressées. Je décide d'aller regarder dans le trou par lequel elles sont arrivées.

Je fais un pas, puis un autre, sur la pointe des pieds. En me rapprochant de la cible, la pression monte. Le rythme de mon cœur s'accélère. Je respire de plus en plus fort au fur et à mesure que j'avance.

À moins d'un mètre de la brèche, je retiens mon souffle et me penche légèrement en avant pour examiner la situation. Quelque chose passe furtivement sous mes yeux, tel un projectile lancé avec force. J'esquive et fais un grand bond en arrière.

C'est là que je découvre que c'est un autre gallinacé. Surgissant par le même orifice que les deux poules, il atterrit en catastrophe dans la cour. Je l'identifie à sa jambe cassée. C'est le vieux coq du voisin. Il se déplace cahin-caha depuis qu'il s'est fait prendre dans un piège à rats. Son plumage noir teinté de blanc et sa longue crête rouge courbée à son extrémité lui donnent une identité unique et très personnelle.

Le soupçonnant d'être à l'origine du désordre, je l'observe attentivement. Il clopine, picore par-ci par-là quelques graines pour se remplir le gésier. Puis, je le vois se dédoubler, se tripler... Il se met à faire le « moonwalk » de Michael Jackson.

Désarçonné, je secoue énergiquement ma tête avant de réaliser que je viens de subir des hallucinations. Le soi-disant « roi du poulailler » ne s'est pas multiplié. Il est là et se déhanche fièrement.

Il arrive près des deux femelles qui se sont immobilisées entre-temps. Je le fixe. Il sort une de ses ailes et joue son numéro de grand charmeur.

- Chut ! Espèce d'obsédé ! Rentre chez toi et laisse nos volailles tranquilles.

- Arrête Mamba ! ordonne mon père. Tu veux bien cesser de déranger ce coq ? Tu ne vois pas qu'il est boiteux ?

- Papa, s'il enceinte nos poules, Maman ne va plus les tuer à Noël.

- Mamba ! Un garçon de neuf ans ne doit pas parler comme ça. Donc, tu arrêtes.

Je reste debout, muet comme une carpe, le regard perdu dans le vide.

Quelques secondes plus tard, Papa reprend son tissage et ses sifflotements monocordes. Je décide d'aller vaquer à mes occupations et de ne plus me préoccuper de la vie des poules et des coqs. Je récupère le bâton, simule le vrombissement du moteur de mon jouet et le pousse à toute allure en direction de la case de Maman. Elle est située en face de celle de Papa, à près d'une douzaine de mètres.

À mi-parcours, j'entends à nouveau un cri. Je ralentis. Un deuxième son perçant retentit. Je m'arrête complètement et me tourne vers Papa. Il a interrompu son travail et semble chercher, lui aussi, l'origine du braillement. Un hurlement se fait entendre.

- C'est comme si c'était derrière la maison, dit Papa.

Plusieurs vociférations s'enchaînent.

- On dirait la voix de ta mère !
- Papa ! C'est Maman !

Mon père bondit, enjambe le bois qu'il venait de poser là quelques heures plus tôt et file vers l'arrière de la case.

- Magni ! Magni !

Je le suis aussi rapidement que je peux, tout en poussant de grands cris.

Quand j'arrive à l'angle de la maison, près du grenier dans lequel ma mère conserve le surplus des récoltes, c'est la stupeur. Maman est dans les griffes d'un énorme animal noir, le dos complètement plaqué au sol. Elle se débat comme elle le peut. Papa, posté à quelques pas devant moi, est totalement en panique.

- Non ! hurle-t-il. Non ! Mamba ! Magni ! Mamba !

Je m'arrête. Je ne sais plus quoi faire. Je sens les larmes me monter aux yeux tandis que les sanglots me prennent à la gorge et m'oppressent.

- Maman ! Papa ! Maman !

Mon père fait un pas en avant, un en arrière. Il ne sait visiblement plus s'il faut me protéger ou voler au secours de Maman.

Finalement, il s'éloigne. Il file vers la clôture qui nous sépare du voisinage. D'un seul trait, il arrache un gros piquet. Il accourt rapidement vers moi, me saisit fermement d'une main et m'entraîne jusqu'au grenier. Celui-ci est ouvert et son couvercle est rabattu sur le côté.

- Vite ! Vite ! Grimpe !

Je saute et empoigne le bord supérieur. Seuls mes orteils touchent encore le sol. Je lève le pied droit et tente maladroitement de le hisser sur la marchette fixée à mi-hauteur. Nerveux, Papa me pousse par les fesses et je tombe, tel un sac de pommes de terre, dans la cachette.

- Mon fils, dit-il. Ta mère et moi, nous t'aimons très fort. Ne bouge pas d'ici, quoi qu'il arrive. Je vais sauver ta maman.

Je hoche la tête. Je suis complètement terrifié par l'enchaînement et le rythme des évènements. Papa tire la trappe et referme le grenier avec vigueur. Cela produit un tel vacarme que je tressaute.

Je me retrouve dans le noir absolu. Immédiatement, je sens quelque chose m'étouffer. Je tâte tout autour de moi. À part les épis de maïs que je connais bien, je n'identifie rien d'autre. J'ouvre grand les yeux dans l'espoir de mieux voir. Seuls quelques interstices, situés sur les parois, laissent passer une faible lumière. Elle traverse l'abri sous forme de faisceaux, rendant visibles les grains de poussière qui tourbillonnent dans tous les sens et me font suffoquer.

Je focalise mon attention sur les hurlements de Maman qui continuent de retentir. Je me blottis contre une des parois, comme si je voulais ne faire qu'un avec elle. J'essuie mes larmes qui coulent sans cesse et lorgne à travers un orifice en face de moi.

Zut !

Le soleil, à cette heure de la journée, brille de tout son éclat et sa vive lumière m'éblouit les yeux. Je les ferme et essaie de faire le vide dans ma tête, comme si cela pouvait mettre fin à mon calvaire.

Après une trentaine de secondes, qui me semble durer des lustres, je constate qu'ils sont toujours grands ouverts. Mon attention est accaparée par l'affrontement qui se passe à l'extérieur de mon refuge.

Les bruits cessent.

Je bloque ma respiration et tends l'oreille. Il règne un silence de mort. Même pas un seul bourdonnement de mouche pour me donner une petite raison d'y croire encore.

Des sanglots étouffés s'échappent de ma gorge nouée. Je sens ma vie basculer dans l'inconnu.

Soudain, un cri. C'est Papa. Il hurle. Je revis, mais je suis confus.

Que se passe-t-il ?

Je tapote nerveusement les parois de ma cage, à la recherche d'une issue. Je bouscule les vivres qui me gênent dans mes mouvements. Je passe d'un trou à l'autre, sans succès. Puis, je repère quelques orifices situés à l'angle. Ils sont moins exposés aux rayons du soleil et à moitié obstrués par du maïs.

Enfin, une solution !

Je dégage ces graminées à larges feuilles sans ménagement dans un coin, en saisissant plusieurs épis à la fois.

Je me mets à quatre pattes. Je colle ma joue au plancher et regarde l'atroce scène. Papa est immobile, sous l'étreinte du gros animal noir.

Maman est couchée à côté, sur le dos. Du sang s'écoule de sa tête. Son buste ne bouge pas. Son bras et sa jambe gauches tressautent de temps en temps avec une intensité qui diminue au fil des secondes.

Je focalise mon attention sur elle. Un affolement indescriptible me saisit. Au bout d'une dizaine de secousses, le pied et la main de Maman ne bougent plus.

- Non ! Maman !

Immédiatement, l'animal lève la tête et regarde dans ma direction. Je découvre l'énorme singe noir : un bonobo. J'ai envie de hurler, mais je me rétracte et plaque rapidement la main sur ma bouche. Puis, je pleure à grands sanglots silencieux.

Soudain, Papa bouge. Il rampe pour s'extirper de l'enlacement de l'animal. Il réussit et se cache derrière lui. Une lueur d'espoir renaît en moi.

Malheureusement, elle ne dure que le temps d'un sourire mélancolique. La bête s'en est visiblement rendu compte. Elle le recherche. Elle vérifie à gauche.

En faisant demi-tour à droite, Papa lui assène de grands coups de pieds. Elle réplique avec un enchaînement de coups de pattes avant et arrière. La puissance de la charge déséquilibre Papa qui tombe sur le dos. Il se retourne rapidement et s'enfuit en rampant. Le bonobo l'attrape par un pied et le traîne cruellement au sol sur quelques mètres.

Papa semble étourdi. Le primate le lâche et va vers Maman. Papa se relève à grand-peine. Du sang coule sur lui, de toutes parts.

Du pantalon qu'il portait, il ne lui reste plus qu'un semblant de culotte trouée et déchiquetée qui cache son sexe. Quant à son boubou, il est complètement parti en lambeaux. Seul son bras gauche est en partie couvert par un aileron aux multiples déchirures.

Papa avance en vacillant. Il fait un pas, puis un autre, comme s'il avait quatre-vingt-dix ans, alors qu'il vient juste de fêter son trente-troisième anniversaire. Je le regarde, médusé. Mes larmes coulent, encore et encore.

Que va-t-il faire ?

Papa arrive et s'interpose fièrement entre le bonobo et Maman, la tête haute et le buste bien droit.

- Qui que tu sois, je ne te laisserai pas détruire ma famille.

Puis, il racle profondément sa gorge et envoie un affreux crachat ensanglanté sur la bête. Hélas, le graillon n'atteint pas sa cible. Il atterrit sur un caillou et se répand telle une coulée de lave.

- Tu n'es qu'un animal, crie-t-il.

En voulant lever sa main pour essuyer sa bouche, Papa chancelle. Manifestement, il n'a plus de force.

Le fauve, furieux, bondit sur lui. Il l'attrape par le cou et lui donne des coups de tête si violents qu'il s'envole de près de trois mètres. Papa atterrit sur la clôture et heurte un piquet. Celui-ci lui transperce le corps.

Instantanément, je tourne la tête et me couvre les yeux. Je me réfugie vers une des parois et m'y adosse.

Non ! Non ! Je ne veux pas voir ça !

J'entends des coups pleuvoir et Papa suffoquer interminablement. Au bout de plusieurs minutes, c'est le silence.

Pourquoi est-ce que je n'entends plus rien ?

Je me mets à nouveau à quatre pattes et approche mon œil de l'orifice.

Le fauve est debout. Papa est allongé au sol avec le bout du piquet planté au niveau de sa poitrine. Il ne bouge plus. L'animal se baisse et le renifle.

- Salopard de bonobo ! dis-je d'une voix dominée par la colère. Je t'aurai !

Il se tourne et regarde dans ma direction.

Ça y est ! C'est fini pour moi ! Il m'a vu !

Terrifié, mes yeux s'écarquillent et ma bouche s'ouvre toute seule. Le bonobo se met sur ses deux jambes arrière et commence à avancer vers moi. Il semble très énervé. Son visage fraîchement balafré montre quelques traces laissées par Papa et Maman. Il arrive tout près de ma cachette, s'arrête et la fixe longuement. Puis il tapote sur sa poitrine en poussant de hurlements.

Pris de panique, je lance un grand cri et sursaute.

C'est à ce moment-là que je me rends compte que je rêvais.

- Que se passe-t-il ? demande Lucas. Tu dors le jour ?

- Que fais-tu là, Lucas ?

- Ce n'est pas toi qui as insisté pour que je vienne t'aider à te préparer pour le rituel ? Il est treize heures passées, mon cher !

- Quoi ?

- Mamba, est-ce que ça va ? Ton sommeil avait l'air agité.

Je me lève du lit et m'assieds sur son bord, les pieds croisés. Je prends mon menton dans les mains et m'accoude sur les genoux. Ma tête semble avoir pris quelques kilos supplémentaires. Mon regard plonge dans le vide. Tout m'apparaît flou.

Malgré la petite surface de ma chambre avec ses huit mètres carrés, je vois à peine le portrait de ma fiancée, Tamila. Et pourtant, il est accroché au mur en face de moi, juste au-dessus de la table de travail qui me sert de bureau. Je l'ai placé à cet endroit afin d'avoir le réconfort nécessaire pendant les moments difficiles.

J'entraperçois une paire de bottes vert fluo posée sous le mobilier qui occupe le côté gauche en rentrant.

- Mamba, ça va ?
- Ça va ! Non, ça ne va pas ! J'ai fait un terrible cauchemar. Dans mon sommeil, j'ai revu la mort de mes parents, exactement comme cela s'est passé. Horrible ! Je les hais, les bonobos ! Je les maudis ! Sans eux, je ne serais pas orphelin ! Je ne serais pas seul !
- Comment peux-tu dire ça, Mamba ? Tu n'es pas seul, mon ami. Je suis là, Tamila aussi.

Je veux parler, mais quand j'ouvre la bouche, aucun mot ne sort. En fait, je ne sais pas quoi répondre.

Lucas se lève du tabouret, s'approche et s'installe près de moi. Il me prend par l'épaule.

- Mamba, mon cher ami, je sais que ce n'est pas facile, mais il faut continuer à vivre ; c'est ce que tes parents auraient souhaité. Je suis sûr que là où ils sont, ils sont fiers de toi. Dès que tu as pu, tu es revenu habiter dans leur maison, le fruit de leur labeur. Malgré les difficultés, tu t'efforces de la maintenir en état de fonctionnement.

- C'est compliqué, Lucas.
- Écoute, Mamba ! Arrête de pleurnicher ! Tu vas bientôt épouser Tamila ; la fille la plus belle, la plus jolie, la plus craquante, la plus séduisante, la plus convoitée, la plus charmante, la plus gracieuse, la plus adorable, la plus gentille, la plus avenante du village… Tu veux que je continue ?
- Laisse, mon ami !
- Laisser ? Non ! Je ne laisse pas ! Comment peux-tu dire que c'est difficile ? Elle t'a choisi mon pote ! Tamila t'a choisi ! Sais-tu qu'il y a des gens dans ce village qui pourraient t'en vouloir juste parce qu'elle leur a dit non pour toi ? Ressaisis-toi, mon frère !
- Excuse-moi, mon ami. Je ne devrais pas me morfondre. Oublions tout ce que j'ai dit.

Je me lève et m'étire. Ensuite, je me rapproche de la photo de ma bien-aimée. J'inspire et j'expire. Puis, je me focalise sur ses petits yeux verts en amande. Ils me contemplent, avec amour et tendresse. Tamila semble me dire : « Il n'y a plus que quelques jours à tenir et je serai dans tes bras, pour toujours ».

Lucas m'interrompt par une tape amicale à l'épaule. Je quitte le joli sourire de Tamila.

- Ton sac est-il déjà prêt ? me demande-t-il.
- Ah non !
- Il faut qu'on s'y mette.

- Dis-moi Lucas : quand es-tu arrivé ?

- Juste quelques minutes avant que tu sortes de ton sommeil mouvementé. J'ai frappé deux ou trois fois à la porte ; pas de réponse. J'ai d'abord pensé que tu n'étais pas là. Puis, j'ai vu qu'elle était entrouverte. Je l'ai poussée et je suis entré. C'est là que je t'ai vu étalé sur le lit, complètement endormi. Tu ronflais par intermittence. Je me suis laissé convaincre que tu étais très fatigué. Du coup, j'ai préféré attendre.

- Merci, Lucas. Merci beaucoup. J'avais vraiment besoin de repos. Je n'ai pas pu fermer l'œil de toute la nuit. À cause de quoi ? De cette foutue histoire de rite. Tu le sais très bien Lucas, je n'ai jamais approuvé ces pratiques dépassées, transmises par voie orale, auxquelles chacun a ajouté ce qui lui convenait. Bien sûr, ces guérisseurs vous jurent toujours, avec les trois derniers doigts en l'air et au nom de leur père ou mère, qu'ils font exactement comme dans l'ancien temps. Tu parles ! J'ai peur d'eux. Je n'aime pas quand ils mutilent des gens à tout va, avec des instruments parfois traumatisants et presque toujours non désinfectés. Je ne les supporte pas lorsqu'ils font ingurgiter aux innocents des mélanges douteux, dégoutants et répugnants dont personne ne peut garantir qu'ils ne les intoxiquent pas. Sans compter que si vous avez un ennemi parmi eux, c'est la voie royale pour vous expédier chez Lucifer. Et tout ça au nom de la coutume. Elle a bon dos notre tradition !

- Whooh ! Whooh ! Whooh ! Whooh ! Calme-toi, mon cher ami. Je sais que tu es contre nos mœurs, mais tu n'as pas le choix ! La famille de Tamila, comme presque toutes les familles de ce village, tient beaucoup aux coutumes. Elle ne transige pas avec les pratiques ancestrales. Chez eux, c'est presque une question de vie ou de mort. Sans le rituel, pas de Tamila. Tu peux lui dire « Adieu ! » maintenant. D'ailleurs, c'est ce que je te conseille. N'y va plus ! Allons nous balader ! Tu vois, il fait beau à l'extérieur.

- Oh ! Minute !

- Je rigole ! Arrête ! Tu noircis là ! Tu sais bien que je suis issu d'une famille de tradipraticiens, même si je ne pratique pas. Moi, je ne peux pas t'encourager à tout plaquer comme ça à la dernière minute, alors que c'est moi-même qui t'ai aidé à payer les guérisseurs.

- C'est vrai. Je suis un peu confus en ce moment. En tout cas, merci. Merci Lucas, pour ton apport précieux. Sans toi, je ne sais pas si j'aurais le courage d'affronter ce cérémonial. Tu sais que je suis prêt à tout pour Tamila, même si mon sixième sens me dit que ça ne va pas bien se passer.

- Tu réfléchis trop, mon pote. Sois zen ! Pendant le rite, pense à Tamila et tu verras que tout ira bien. C'est ce que maître Tierno te conseillerait.

- Qui ?
- Maître Tierno.

- Oh ! Maître Tierno. Le sacré enseignant de l'école primaire. Il avait toujours une vision différente des choses. Tu as raison. C'est ce qu'il dirait.

Lucas regarde sa montre.

- Le temps passe. Je devais t'aider à préparer ton sac. On y va ?
- Allons-y !

Il fait un pas, récupère les bottes et me les tend.

- J'espère qu'elles vont t'aller, dit-il.
- Il n'y a pas de raison qu'elles ne m'aillent pas. On a la même pointure.
- Oui. Mais, tes pieds sont beaucoup plus plats.
- C'est pour bien adhérer au sol. C'est pour ça que je ne tombe pas souvent.
- Mais, quand tu chutes, tu as du mal à te relever.
- Je vois que tu me connais à la perfection. C'est vrai, je me reprends difficilement.
- J'ai toujours raison.
- Sauf sur les bottes. Vert fluo ! Quelle couleur ! Avec ça, tous les animaux de la forêt vont me repérer de loin.
- Je cherchais désespérément une astuce pour te faire disparaître. Je l'ai enfin trouvée.
- Quoi ?
- Je plaisante. Ne t'inquiète pas. Elles ne sont pas à porter maintenant. C'est pour la partie cérémoniale. Vous serez à l'abri. Et c'est la couleur que les guérisseurs ont exigée !
- C'est pour ça que je ne suis pas rassuré.

- Range tes affaires et ne parle plus du rituel.

- OK, j'ai compris, chef.

Je récupère mon sac et y dispose les bottes ainsi que les autres objets réclamés par les guérisseurs.

Avant d'y mettre le produit anesthésiant que j'ai acheté pour amoindrir les douleurs des incisions, je lis d'abord la notice ; je veux pouvoir l'utiliser correctement, le moment venu.

... À pulvériser dans la gorge quelques minutes avant l'opération... En cas d'inhalation, il provoque des endormissements rapides et prolongés...

Puis, j'entends au loin un brouhaha. Je me tourne vers Lucas.

- Tu as entendu ce bruit ?
- Oui. Que se passe-t-il ?
- On dirait des enfants.
- Non ! dit-il en secouant la tête et après avoir prêté l'oreille quelques secondes.
- Ça serait quoi, d'après toi ?
- Une foule chauffée à bloc, une bagarre ou alors quelque chose de plus grave.

Lucas et moi lâchons tout ce que nous faisions et nous précipitons à la porte. Le chahut est toujours lointain. Nous allons jusqu'à la route. Elle est drôlement déserte. Toutefois, l'intensité du tohu-bohu monte crescendo.

Subitement, un bonobo surgit devant nous, dans le virage situé à une quarantaine de mètres environ. Il file, à toute allure.

En nous voyant, il freine sa course et entre dans le quartier. Les villageois sont derrière lui et le pourchassent. Ils sont nombreux, à peu près une vingtaine. Lucas et moi rejoignons la foule.

Le primate emprunte un embranchement qui mène à la grande place du marché. Il fonce, presque tête baissée. Nous le poursuivons dans des chemins tortueux qui serpentent l'agglomération. L'affluence croît progressivement. Après plusieurs minutes d'échappée, c'est l'impasse.

Les bouchers, qui occupent un emplacement à l'entrée du marché, sortent avec des outils de toutes sortes. La grosse bête noire est encerclée. Des couteaux, des gourdins, des machettes, des haches... commencent à voler. La foule lui vomit sa haine en criant : « bonobos, nous vous tuerons tous ».

L'animal rend l'âme. Je suis bouffi d'orgueil, comme la cinquantaine de gens amassés là. J'ai le sentiment que notre supériorité est incontestable. Cependant, ma petite voix intérieure me demande si c'est la meilleure façon de régler ce problème de cohabitation entre les bonobos et nous, et qui dure depuis des générations.

Nous restons là quelques minutes, à papoter.

La conversation dévie rapidement sur Hardman. C'est le sobriquet que les villageois ont donné au responsable de la sécurité, nouvellement désigné par le roi. Je n'ai pas encore eu l'occasion de le voir, mais j'espère que ce n'est qu'une question de jours.

Des personnes racontent qu'il aurait déjà engagé les recrutements en vue de lancer l'assaut final contre les bonobos.

Il se murmure aussi qu'il envisage de renforcer le dispositif de sécurité autour du village en installant des miradors.

Au bout d'un moment, les gens commencent à partir, un à un. Lucas et moi décidons de rentrer.

Nous empruntons le petit sentier qui passe par le cimetière. Je veux y faire une halte pour dire merci à mes parents et leur demander de veiller sur moi pendant le rituel. Nous marchons en bavardant. Mais, mon esprit est ailleurs.

Arrivé à un embranchement, Lucas s'arrête et se tourne vers moi, le regard interrogatif.

- Je vois que tu as l'air préoccupé, c'est toujours la cérémonie qui t'inquiète ?
- Oui. Non.
- C'est oui ou c'est non ?
- C'est non.
- C'est quoi alors ?
- C'est un peu compliqué à expliquer.
- Vas-y quand même.
- Non. Tu ne vas pas me croire.
- Mamba, je suis ton ami. Non ?
- Bien sûr.

- Je te croirai.

- OK.

J'ouvre la bouche, mais je ne trouve pas les mots pour exprimer ma pensée.

- Accouche !

- C'est bon ! Tout à l'heure, au marché, quand la foule s'est ruée sur le bonobo, je m'attendais à ce qu'il se batte, comme celui qui a tué mes parents. Ce que j'ai vu m'a surpris. Il ne faisait que se défendre, comme un animal quoi ! Aucun coup de patte ni de tête, jusqu'à ce qu'il meure.

- Où est-ce que tu veux en venir ?

- Le bonobo qui a assassiné mes parents semblait bien entraîné ou alors ce n'était pas une bête ?

- Je vois que cette histoire de rite te stresse au point que tu as perdu le contrôle. Tu cherches une justification à ce que les bonobos t'ont fait ?

- Je ne sais pas !

- Moi je sais. Ils ont tué tes parents. Il faut les faire payer. On ne doit avoir aucune pitié. C'est d'ailleurs pour cela que j'ai choisi de contribuer au financement de la nouvelle sécurité que monsieur Hardman envisage d'instaurer dans le village. Il faut qu'on en finisse, une fois pour toutes, avec ces fauves. Tu devrais participer, toi aussi. Bien sûr, à ta façon. Si tu ne veux pas le faire pour ce village, fais-le au moins pour tes parents.

- Je ne sais plus... Non... Tu as raison, Lucas. Je devrais faire quelque chose. Je pense même que je vais le faire juste après mon mariage. Je vais y réfléchir sérieusement.

- Cela veut-il dire que tu es enfin prêt pour le rituel ?
- N'est-ce pas, c'est toi-même qui l'as dit ? Je n'ai pas le choix !
- C'est une sage décision Mamba.
- C'est pour ma Tamila.

Après ces mots, je sens mes lèvres esquisser le prélude d'un sourire. Quelques pensées me reviennent.

- Lucas, c'est toi qui m'as rappelé maître Tierno. Mais, te souviens-tu de ce qu'il nous disait sur la femme ?
- Quoi ?
- Il ne cessait de répéter : « La femme est la ceinture qui tient le pantalon de l'homme ». Il avait vu juste. Sans Tamila, je serai nu toute ma vie. D'ailleurs, en tant qu'ami, je pense que toi aussi, tu devrais te chercher une femme. Tu butines partout, sans arrêt. Quel genre d'homme…
- Mamba ! Écoute ! Écoute-moi ! C'est juste parce que je ne l'avais pas encore trouvée. Maintenant, c'est chose faite.
- Et tu ne m'as rien dit ?
- Elle-même ne le sait pas encore. Tu es mon ami, tu seras aux premières loges quand je lui ferai ma déclaration. Je t'en fais la promesse. Le moment présent est pour toi. Je ne dois l'accaparer d'aucune façon.

Lucas regarde sa montre.

- Il faut que l'on se presse. Le rendez-vous avec les guérisseurs est à quinze heures trente.

- Quinze heures quarante-cinq !

- Ce n'est pas en repoussant le délai que ça va changer quelque chose.

- Je resterai moins de temps avec ces féticheurs.

Nous hâtons le pas et en quelques minutes, nous arrivons devant le cimetière.

- Veux-tu que je t'accompagne ?
- Non, merci. Je préfère être seul.
- Tu as raison. Je t'attends ici.

J'entre dans le cimetière et reviens quelques instants plus tard, après avoir communié avec mes parents.

Lucas et moi poursuivons notre chemin jusqu'à la maison.

Je reprends le rangement de mon sac.

- Que penses-tu de ce pantalon ?

- Ce n'est pas une bonne idée. Il faut en prendre un plus vieux. N'oublie pas que tu vas l'abandonner là-bas.

- En plus, ces charlatans sont exigeants !

- C'est la tradition, mon cher Mamba.

- Oui, c'est ça ! La tradition ! Écoute Lucas, je ne sais pas où je vais. Je me sens démuni. La forêt dans laquelle je pars est une grande inconnue pour moi. Je n'y suis jamais allé seul. Quand bien même je suis accompagné, j'ai peur. Voilà que je vais m'y enfoncer, y passer toute la nuit, et revenir le lendemain matin comme si de rien n'était. Pire encore, en compagnie de personnes que je ne connais même pas, et qui en plus vont me tripatouiller dans tous les sens, à leur guise, soi-disant que ce sont les coutumes ancestrales. Il n'y a que Tamila pour me rendre dingue à ce point-là.

- Tu devrais être heureux qu'elle t'ait choisi. Maintenant, tu vas prendre ton sac et tes fesses, on va sortir d'ici et rejoindre les guérisseurs sur la place du village.

- Heureusement que tu es là pour m'empêcher de commettre l'irréparable. Merci beaucoup, Lucas.

- Pour le moment, ne me remercie pas. Va d'abord faire le rituel, et l'on en reparlera plus tard.

Je prends mon sac et l'accroche à l'épaule. Lucas sort et se met en route en direction du point de rendez-vous. Je ferme la porte derrière moi et le suis en hésitant.

Quelques mètres plus loin, alors que je me trouve derrière une fenêtre entrouverte sur la rue, je capte une conversation qui m'interpelle. Je ralentis le pas et laisse traîner mes oreilles.

- Je ne comprends pas pourquoi certaines familles de ce village continuent à s'arc-bouter sur ces rituels rétrogrades, dit une voix.

- Moi, non plus, répond une seconde voix très fine et féminine. Et pourtant, les cas qui se terminent en drame ne manquent pas.

- Le problème, c'est que jusqu'à présent, les situations préoccupantes n'ont concerné que les pauvres.

Je vois que je ne suis pas seul à le penser.

- Le jour où ça arrivera à un riche ou à un notable, poursuit la voix raffinée, l'on en entendra parler partout
- Ainsi va le monde ! Même chez les blancs, c'est pareil. Personne ne s'intéresse aux pauvres.
- Qu'est-ce que tu en sais ? Tu es déjà allé là-bas ?
- Moi je te dis que c'est la même chose.
- Ha ! Quitte-là ! Tu parles toujours de ce que tu ne connais pas.

Soudain, une porte s'ouvre. Un homme baraqué, d'une cinquantaine d'années, sort. Il a une moustache de catcheur. Je ne me souviens pas l'avoir déjà vu dans le village. Je fais semblant de n'avoir rien entendu. Je le salue et il me répond très gentiment. Je découvre, surpris, qu'il s'agit de la personne à la voix féminine. J'accélère la cadence et m'arrête quelques pas plus loin. Je secoue vigoureusement ma tête, comme un chien qui vient de recevoir un seau d'eau fraîche. Je me tâte les cuisses, le corps, partout.

Je ne rêve pas là ! C'est bien moi, Mamba, le fiancé de Tamila. Et je vais au rite.

Je lève les yeux. Lucas est loin devant. Je reprends mon chemin. Ma voix intérieure m'invite à nouveau à abandonner le rituel. Une autre, dominante, m'intime l'ordre de m'y rendre pour Tamila. Envahi par la peur, je récite une petite prière en marchant. J'invite mon père et ma mère à intercéder auprès de Dieu pour me venir en aide et me protéger.

J'arrive enfin à la place du village.

Deux vieux messieurs sont postés dans un coin. Ils conversent en faisant de grands gestes avec les bras.

Le premier est de grande taille. Il porte des bottes de couleur noire, un pantalon kaki-marron et un blouson gris avec de multiples craquelures. Il est coiffé d'une capuche déteinte, sans forme. Il pointe quelque chose à l'horizon.

Le second, beaucoup plus jeune, mais la cinquantaine passée, se tient juste à sa gauche. Il porte lui aussi des bottes. Il a une culotte longue, de couleur bleue et rayée de noir. Elle est assortie d'une chemise aux couleurs presque identiques. Il a un pull enroulé autour du cou.

Sa main est placée sur le front en guise de visière. Le jeune guérisseur cherche visiblement en vain ce que son comparse lui montre.

Je suis surpris de me voir scruter le ciel comme lui, à la recherche de l'objet inconnu.

Un nuage noir, aux formes étranges et presque indescriptibles, attire mon attention.

De mémoire de mes ancêtres, je n'avais jamais vu quelque chose de semblable.

C'est une sorte d'animal, avec une queue interminable. Sa tête humaine est surmontée de deux cornes spiralées, recourbées et pointues aux extrémités. Ses quatre pattes, longues comme des échasses, lui donnent une allure imposante.

Je ferme les yeux et secoue vigoureusement ma tête. Lorsque je les ouvre, il n'y a plus rien. Je regarde Lucas. Il est toujours là, à quelques mètres de moi.

J'hallucine ou quoi ?

Je rejoins Lucas à pas rapides. Nous avançons ensemble vers les deux vieux. En nous approchant, je me rends compte que le blouson de l'homme le plus âgé n'est pas gris comme je le pensais. Il est assez clair par endroits. C'est probablement le poids du temps et un entretien quasi inexistant qui l'ont rendu grisâtre.

- Bonsoir Messieurs. Je vous présente Mamba, votre client.

- Bonsoir Messieurs, dis-je en tendant la main pour les saluer.

- Non ! intervient Lucas tout en m'attrapant le bras.

Les guérisseurs ne répondent pas. Ils restent aussi muets que les deux vieux sacs en lianes tissées qui sont posés au sol, entre eux. Ils me regardent bizarrement. Je baisse la tête. Le plus âgé fait un signe à Lucas qui se tourne vers moi.

- Tu ne dois, en aucun cas, leur adresser la parole tant que le rituel n'est pas terminé. Tu dois attendre leur signal pour le faire.

- C'est encore quoi ça ?

- C'est comme ça ! C'est la tradition ! Un point, c'est tout.

Les propos de Lucas sonnent comme un nouveau coup sur ma tête, mais je prends sur moi et ne dis rien.

Je regarde le ciel pour voir si le mystérieux nuage est réapparu. Il n'y a rien.

Je me tourne vers la forêt, au loin, qui me tend les bras.

J'invite mon ami à un petit aparté.

- Lucas, regarde cette forêt. Crois-tu que je vais m'y enfoncer, en pleine nuit, avec des messieurs que je ne connais ni d'Ève ni d'Adam, comme si de rien n'était ? Sachant qu'en plus nous ne pouvons échanger aucun mot ?

- Mamba, on ne va pas reprendre la discussion de tout à l'heure. Penses-tu vraiment à Tamila ?

À cette question, je n'ai bien sûr pas de réponse et reste obstinément mutique. Lucas le remarque et enfonce le clou.

- Mamba, tu sais quoi ? Je t'ai caché des choses.

- Ah bon !

- Oui. C'était pour t'aider. Maintenant, je pense que le temps est venu de t'en parler.

- Vas-y ! Accouche ! Je suis tout ouïe !

- Te souviens-tu encore de Jean-Rayon Kouhbassikou ? Le gars qui, au collège, te subtilisait en permanence la première place.

- Comment puis-je l'oublier ? Tu parles bien de celui qu'on appelait : « Le tombeur » ?

- C'est bien ça.

- Ça fait longtemps que je n'ai plus entendu parler de lui. Qu'est-il devenu ?
- Figure-toi qu'il est parti poursuivre ses études en Belgique.
- Oh ! Le veinard !
- On raconte qu'il revient bientôt.
- Et qu'est-ce que ça a à voir avec moi ?
- Il semblerait que ses parents s'apprêtent à demander la main de Tamila pour lui.
- Quoi ? Tu as entendu ça et tu ne m'as rien dit ?
- Ça n'avait aucun intérêt puisque tu allais l'épouser. Maintenant, comme tu hésites à faire le rituel, ça peut tout changer.
- Mmmmmmmmm.
- Écoute Mamba. Fais ce que ton cœur te demande. Si tu veux qu'on arrête, dis-le. Il n'est pas encore trop tard. C'est à toi de décider.

Sonné par cette nouvelle, je reste scotché un long moment. Je tourne et retourne l'équation dans ma tête. Une seule réponse s'impose.

- OK ! Dis-leur que l'on part.

Lucas fait demi-tour et va vers les deux guérisseurs. Je fais les cent pas en direction de la forêt, tout en repensant à quelques épisodes de notre amitié.

Lucas et moi sommes amis depuis longtemps. Tout a commencé quand nous étions à l'école primaire. J'étais trop timide et peureux. Par contre, j'étais un bon élève. Beaucoup de camarades de classe se moquaient de moi et de mon pantalon qui n'était pas à ma taille. Il avait été confectionné par ma mère. Comme elle était malvoyante, elle s'était trompée de corde qui lui servait d'instrument de mesure. Résultat, je n'avais eu ni pantalon ni culotte. J'avais eu un « pantaculotte » ; trop petit et abusivement court. Pensant que je l'avais depuis plusieurs années, ils l'avaient surnommé : « J'ai grandi ». C'était malheureusement ma seule culotte. Tous les jours, j'étais l'objet de moqueries diverses.

Heureusement, j'étais le complice de plusieurs belles filles de l'école, dont la petite Chadée. Elle était ravissante. Lucas, qui voulait la séduire, avait pris ma défense. En retour, j'avais joué l'intermédiaire galant. Malheureusement, la relation avec Chadée a été éphémère. Lucas est cependant devenu mon ami.

Plus tard, quand mes parents ont été tués, notre amitié s'est renforcée. En effet, après la bataille avec le bonobo, je suis resté recroquevillé dans le grenier, jusqu'à ce qu'il parte. Après, j'ai voulu sortir : impossible ! Le couvercle ne s'ouvrait plus. Mon père l'avait bloqué par imprudence en le fermant brusquement. J'ai crié, fort, très fort, mais aucun secours n'est arrivé. Notre maison étant excentrée dans le village, les gens ne pouvaient probablement pas entendre mes vociférations. Cela a duré cinq jours et quatre nuits. Pour survivre, je mangeais le maïs cru.

Le cinquième jour, comme dans un rêve, j'avais entendu des voix. J'étais recroquevillé, comme d'habitude, dans un coin de la cage, en position fœtale. En entrouvrant les yeux, j'avais perçu une lumière inhabituelle au-dessus de moi. Elle semblait s'agrandir progressivement. En puisant au plus profond de moi et dans un dernier effort, j'avais trouvé l'énergie nécessaire pour tourner légèrement ma tête. C'est là que j'avais entraperçu, comme par miracle, au milieu de rayons lumineux éblouissants, un bras tendu au-dessus du grenier à moitié ouvert. C'était le bras de monsieur Bentouba, le père de Lucas. Il m'avait ramené chez lui et j'y étais resté quelques jours avant de retourner vivre seul dans la maison de mes parents. Plus tard, monsieur Bentouba m'avait informé que c'était sur l'insistance de son fils qu'ils s'étaient mis à ma recherche.

Depuis ce jour-là, Lucas et moi sommes des amis inséparables. C'est d'ailleurs lui qui a fait appel aux guérisseurs et s'est occupé de leur rémunération. Il m'a dit que c'était sa contribution à mon mariage.

- À demain Mamba, me lance Lucas.

Je me retourne. Il est à une quinzaine de mètres de moi et me fait signe de la main. Je lui fais aussi des gestes semblables.

- À demain, Lucas. Encore, merci pour tout.
- De rien.

Les deux guérisseurs me rejoignent. Nous empruntons le chemin qui mène dans la forêt. Ils se mettent à bavarder, bien sûr sans m'adresser la parole.

Les maisons du village, dressées de chaque côté du trajet, laissent progressivement place à l'étendue boisée.

Nous croisons les habitants qui rentrent des champs. Les femmes et les enfants portent tous de gros sacs sur la tête. Les quelques hommes que nous rencontrons n'ont que leur machette à l'épaule. Ils me regardent d'un air curieux. Ils miment des gestes comme s'il était écrit sur mon front que j'allais passer des moments difficiles.

Pour éviter de croiser ces regards interrogateurs, j'arbore mes lunettes noires que j'avais accrochées jusque-là à la poche de mon blouson.

De temps en temps, je fredonne les chansons que Maman me chantait quand j'étais petit. C'est une façon pour moi de chasser de mon esprit les incessantes pensées sur le caractère périlleux du rituel.

Au bout de plusieurs heures de marche, nous arrivons au niveau du grand fleuve qui serpente dans la forêt. Les derniers rayons de soleil ont disparu derrière la cime des arbres.

Pourtant, monsieur le Piroguier est toujours là. Il est assis dans sa barque. Un sombréro trône majestueusement sur sa tête. Bien que nous nous approchions de lui, il ne bouge pas. Un silence offensant règne à cet endroit. Je prends peur et fais un pas en arrière, laissant les deux vieux gérer la situation. Ils se regardent comme s'ils ne voulaient pas non plus déranger le passeur. Mon cœur, qui s'était calmé sous les chansonnettes, se met à battre rapidement.

- Cinq dollars par personne, dit-il soudainement, d'une voix éraillée et autoritaire, mais toujours sans faire aucun mouvement.

Nous sursautons.

- Vous prenez trois dollars chacun ? propose le guérisseur le plus âgé. Ça vous fera au total neuf dollars.

- Vous discutez mes prix ? Désormais, c'est six dollars par tête.

- OK ! réplique le second. On vous paye cinq dollars par personne.

- Traversez à la nage ou alors payez sept dollars chacun.

- Oui, répond rapidement le premier. On vous paye.

Le piroguier lève enfin la tête et nous regarde. Ses yeux se posent d'abord sur les guérisseurs qui sont proches de lui, ensuite sur moi. Puis il sort de sa barque et tend la main.

- Mon argent, dit-il.

L'homme le plus âgé se met à palper les poches de son blouson. Il commence par celle au niveau de la poitrine, puis fouille les deux au niveau des hanches. Ensuite, il tâte celles de son pantalon. Apparemment, il n'y a rien.

- Vous avez l'argent ou pas ? aboie le piroguier.

- Un instant, s'il vous plaît.

Le vieux monsieur recule de quelques mètres et se positionne le dos tourné vers nous.

Que va-t-il faire ?

D'un coin de l'œil, et toujours derrière mes lunettes sombres, je l'observe. Il baisse son pantalon, en descend un deuxième, puis un troisième, soulève sa culotte et exhume un vieux paquet bien noirci. Il détache une ficelle, une seconde, puis une troisième. Il enlève successivement trois emballages en plastique, carton et papier. Puis il sort quelques billets et les compte. Il les recompte et les pince entre ses deux lèvres. Il attache solidement le reste de coupures, l'enfouit dans l'intime cachette et se rhabille. Il récupère les liasses prisonnières de sa bouche, se retourne et les tend au piroguier.

- Le total est bon, mais vous pouvez vérifier si vous voulez.

- Vous ne ressemblez pas à quelqu'un qui peut se tromper en comptant les dollars, rétorque le piroguier.

Il fait ensuite un geste de la main.

- Montez !

Les deux guérisseurs grimpent et je les suis, bouche cousue. Le piroguier pousse la barque. Dès qu'elle commence à flotter, il saute à l'intérieur et se met à pagayer. Au bout de quelques minutes de traversée, nous arrivons sur l'autre rive.

- Descendez ! Votre argent se termine ici.

Avant même que nos pieds ne touchent le sol, le piroguier nous interpelle.

- C'est mon dernier voyage. Si vous comptez retourner dans la nuit, il n'y aura personne.

- Non ! répond le plus vieux. Nous ne rentrerons pas ce soir.

- Savez-vous que le prochain village est à presque six heures de marche d'ici ?

- Oui.

- Vous voulez vous suicider dans la forêt alors !

- Occupez-vous de votre pirogue !

- Je voulais simplement vous alerter sur le fait que cette forêt est très dangereuse.

- Dites-nous à quelle heure vous reprenez votre travail demain.

- Six heures trente.

- Merci ! À demain !

Nous poursuivons notre marche. Environ trois kilomètres plus loin, nous bifurquons à gauche et entrons dans la forêt en empruntant un sentier qui semble inutilisé depuis plusieurs années. Pour éviter d'être pris dans les ronces rampantes et d'autres types de plantes ennemies qui jonchent le parcours, nous ralentissons la cadence.

Nous soulevons et posons chaque pied comme si nous traversions un champ de mines. Je suis ralenti par mon sac et celui du vieux guérisseur que je porte. Je l'ai pris parce qu'il ne parvenait pas à arpenter ce parcours hostile avec un bagage en plus.

Heureusement pour moi, ce supplice ne dure pas longtemps, car au bout de quelques minutes seulement, nous arrivons sur une placette.

Elle semble avoir été aménagée quelques jours plus tôt. Les herbes arrachées et jetées dans le désordre sont toujours vertes et fraîches. De même, des bouts d'arbustes coupés laissent encore couler de la sève.

Les deux guérisseurs vont sous le chapiteau de fortune dressé dans un coin. Le plus âgé me fait signe de la main et je lui remets son bagage.

Après quelques instants de repos, au moment où la nuit devient noire, ils engagent l'installation des lieux. Ils sortent de leurs sacs des morceaux de tissus, les imbibent d'un liquide, les fixent sur des piquets plantés tout autour et les enflamment.

Assis sur mon sac en plein milieu de la placette, je les observe, toujours bouche bée. Ils sortent des masques de différentes formes et les accrochent sur les mêmes piquets. Ils installent, sous le chapiteau, deux tapis en lianes tissées qui me rappellent mon matelas d'enfance. Ils posent deux lampes tempête et deux clochettes autour de chaque natte, ainsi que plusieurs objets divers, tous aussi intimidants les uns que les autres. Ils m'invitent par un signe de la main. Je les rejoins.

Toujours par des gestes, ils m'intiment l'ordre de me préparer pour le rituel. Je me change et porte les vieux habits prévus pour l'occasion, selon la procédure que m'avait indiquée Lucas.

Les guérisseurs s'apprêtent eux aussi. Ils troquent leurs blousons contre des boubous traditionnels. Chacun met plusieurs colliers à son cou, composés de perles aux formes et aux couleurs diverses. Le rouge vif est dominant. Ils se déchaussent, montent sur le premier tapis et s'asseyent en croisant les pieds. Ils m'invitent à grimper sur le second tapis et à m'y coucher, sur le dos.

Avant de le faire, j'ouvre le compartiment extérieur de mon sac pour récupérer l'anesthésiant. Il n'y a rien.

Quelle tête en l'air ! Comment est-ce que j'ai pu oublier de prendre le seul produit qui allait m'aider à mieux vivre ce cauchemar ?

Néanmoins, je monte sur le tapis et m'allonge sur le dos, comme demandé. Malgré la grande chaleur créée par les flambeaux, je tremble.

Plusieurs idées se bousculent dans ma tête, notamment des pires. Je revois les dernières images de mes parents à l'agonie, couchés sur le dos.

En même temps, je m'interroge sur ce qu'il se passerait si des fantômes nous attaquaient et en particulier sur la capacité des vieux à répliquer. Une seule chose me fait rester : mon amour pour Tamila.

Les guérisseurs entament des prières, dans une langue incompréhensible pour moi. J'ai le sentiment qu'ils invoquent quelque chose de puissant, de surnaturel.

Mon regard parcourt le ciel à la recherche d'indices. Mes oreilles sont à l'affût de bruits quelconques. Mon corps est à l'écoute, prêt à réagir au moindre toucher. Au bout de deux heures, il n'y a toujours rien de particulier, mis à part les vieux qui récitent continuellement des prières.

Puis, j'entends un bruit dont l'intensité augmente de plus en plus, comme un cyclone qui arrive au loin. Plus il se rapproche, plus les guérisseurs accélèrent le rythme de leur récitation. Mon cœur suit la cadence en battant de plus en plus fort.

C'est là où mon anesthésiant aurait été utile.

Lorsque le phénomène arrive sur nous, j'ai l'impression d'être en extase et en lévitation. Il nous traverse et continue son chemin. Les deux vieux réduisent progressivement l'intensité de leur récit et s'arrêtent totalement au bout de quelques secondes.

- Le rituel peut maintenant commencer, déclare le plus âgé.

Son collègue se lève. Du coin de l'œil, je le surveille. Il sort plusieurs petites bouteilles du sac et compose un mélange qu'il touille longuement, puis chauffe à l'aide d'une flamme. Il s'approche de moi et me demande d'ouvrir la bouche.

Ai-je encore le choix ?

J'obtempère et accueille une bonne gorgée. La décoction a un goût de la terre malaxée à de la bouse de vache et dégage l'odeur du plus pourri des fromages.

Ma bouche devient froide. J'ai subitement envie de vomir. Le guérisseur le remarque. Rapidement, il pose son produit au sol et m'obstrue la cavité buccale d'une main, tout en me tapotant la poitrine de l'autre.

Après quelques toussotements, j'avale le mélange. Je le sens pénétrer dans mon ventre et se disséminer dans le corps. Aussitôt, un froid glacial envahit ma bouche, puis s'insinue dans mon corps en suivant le trajet de la décoction. Je me mets à trembloter, puis à grelotter.

Au bout de quelques minutes, les tremblements se transforment en soubresauts de plus en plus violents. Je commence à perdre conscience.

Je perçois toutefois que l'un des guérisseurs est en panique.

Les échanges s'engagent entre les deux hommes.

Mon inconscience s'accentue et je capte vaguement ce qu'ils disent. J'ai l'impression que mon corps grossit et que les habits que je porte ne suffisent plus. La conversation entre les deux guérisseurs semble se tendre. Je fais un effort pour les écouter, mais je n'y arrive plus. J'enregistre un mot : antidote.

Ensuite, ma vue se brouille. Je n'entends plus que les bruits sourds. Puis, plus rien.

La métamorphose

Je perçois un cri. Il est lointain. Il ressemble étrangement à celui d'un aigle, mais mon esprit n'est pas assez éveillé pour que j'en sois sûr. J'ai l'impression de sortir d'un état d'inconscience. Je me sens empâté.

Des mouches tourbillonnent au-dessus de ma tête. Je ne saurais dire combien elles sont. Huit ? Dix ? Vingt ? Leur bourdonnement incessant me sort un peu plus de mon état léthargique. L'une d'elles se met à tournoyer sur mon visage. Je secoue la tête pour l'éloigner, ainsi que les autres, mais elles reviennent aussitôt. Elles ont vraisemblablement décidé de ne pas me laisser tranquille. Une autre se pose sur mon nez. Je lève le bras droit et bats mollement l'air pour la chasser. Les mouches s'en vont, mais le répit est de courte durée.

Mes yeux sont toujours fermés. Je sens un chatouillement sur le bras gauche ; probablement un insecte qui cherche du sang frais. Je secoue mon membre engourdi.

Ce ne sera pas ton jour de chance aujourd'hui.

Je sens comme de petits pics sous mon corps. Je me rends compte que je suis allongé. Une bourrasque me caresse le visage. Elle est chaude, mais agréable. Je prends une inspiration tout en luttant pour entrouvrir les yeux. Mes paupières semblent lestées de poids imaginaires.

J'ai dû dormir profondément.

Je tousse. Ma gorge est irritée. Mes yeux s'ouvrent enfin. Je suis sous le toit d'un chapiteau. Je tourne la tête et aperçois deux hommes.

Je pose mon regard sur eux. Tous deux m'observent. D'abord penchés au-dessus de moi, ils font plusieurs pas en arrière, effrayés. Je ne comprends pas ce qui se passe. Tout se met à tournoyer autour de moi.

Je remarque tout de même que je suis au beau milieu d'une placette entourée d'arbres immenses et majestueux. La lune, partiellement visible derrière les branches, éclaire le ciel.

Mais que se passe-t-il ?

Les deux individus sont armés de bâtons. Je veux m'enfuir, mais je me sens sérieusement entravé. Je lève légèrement et délicatement la tête, vérifie autour de moi et essaie d'identifier le danger qu'ils semblent devoir affronter, mais je ne vois rien. Je fronce les sourcils et les fixe à nouveau afin de comprendre ce qui se passe. À ma grande surprise, leurs regards sont toujours braqués sur moi. Manifestement, ils guettent mes moindres faits et gestes.

Ai-je été victime d'un enlèvement ?

Je tente de les identifier, mais ils sont dans la pénombre. Je pose ma tête et prends mon mal en patience. Au bout d'un moment, ils commencent à avancer vers moi, avec leurs gourdins prêts à faire mouche.

Subtilement, je guette à gauche et à droite afin de trouver une échappatoire si nécessaire. Lorsqu'ils sont proches de moi, je reconnais leurs tenues traditionnelles et mes souvenirs reviennent d'un coup.

Ah oui ! Ce sont les guérisseurs ! Je suis là pour le rituel, pour Tamila. Je vais l'épouser.

Les deux hommes s'arrêtent et commencent à discuter entre eux tout en maintenant leurs regards dans ma direction. Ils semblent parler de moi. Ils ont l'air de ne pas s'entendre. Je voudrais leur demander ce qui se passe, mais je me souviens des instructions de Lucas : « Tu ne dois, en aucun cas, leur adresser la parole tant que le rituel n'est pas terminé. Tu dois attendre leur signal pour le faire ». Je me ravise et reste silencieux. Leur attitude m'intrigue malgré tout.

Qu'observent-ils ? De quoi ont-ils peur ? Voient-ils des choses que les simples humains ne peuvent pas voir ? Des esprits peut-être ?

Au bout d'un moment, je constate que la situation ne change pas. J'ai le sentiment d'avoir retrouvé un peu de lucidité et de force.

Puisqu'il m'est impossible de m'adresser à eux, je n'ai pas d'autre choix que de me lever et d'explorer les lieux par moi-même.

J'essaie une première fois, mais je n'y parviens pas. Je tente une seconde fois avec le même résultat. Au troisième essai, je décide d'abandonner.

Ma tête recommence à tourner. Je reste à terre, immobile, quelques minutes. Je ne comprends pas ce qui m'arrive. Je me sens comme vidé de toute mon énergie. Je lève les yeux sur les guérisseurs et grogne pour exprimer mon incompréhension. Ils brandissent leurs bâtons, l'air menaçant. Ils sont manifestement prêts à me rosser.

Tant bien que mal, je réussis à me mettre debout. Mais, immédiatement, je perds l'équilibre. Je tente machinalement de former de grands cercles avec mes bras pour me stabiliser. Rien n'y fait. J'ai la sensation que mes membres supérieurs sont incontrôlables, comme s'ils étaient soudés à mon corps. De même, mes jambes semblent ne plus supporter mon poids.

Le sol se dérobe sous mes pieds. Je chancelle. Je vais tantôt à gauche, tantôt à droite. Finalement, je trébuche et tombe lourdement aux pieds des deux guérisseurs. Ils font de grands bonds en arrière en criant. Sans demander leur reste, ils s'enfoncent à vive allure dans la forêt. Je mémorise la direction dans laquelle ils s'échappent.

Je multiplie les efforts pour reprendre le dessus, mais mes membres continuent à me faire défaut. Ils tremblent tels ceux d'un chevreau qui fait ses premiers pas. Mes mouvements sont incertains. Pourtant, je dois partir à la poursuite des guérisseurs si je ne veux pas qu'ils me sèment définitivement. Me retrouver seul en pleine nuit au milieu de la forêt serait la pire des situations. Je m'élance, mais très vite, je trébuche et manque de tomber à chaque fois que je pose un pied devant l'autre.

À cette allure, je ne les rattraperai jamais !

Je fais un essai en me tenant à quatre pattes. Il est assez concluant. Sans plus tarder, je me lance sur leurs traces et tente de combler l'avance qu'ils ont sur moi. Leurs cris sont beaucoup moins audibles, mais assez perceptibles pour que je puisse les situer et aller dans la bonne direction. Je me démène comme je le peux. Courir dans cette position, comme à mes neuf mois, requiert une énergie phénoménale pour moi qui n'ai jamais été un grand sportif.

Je ne dois pas m'arrêter. Que deviendrais-je seul dans cette forêt ? Je ne veux pas renoncer à la vie qui m'attend avec Tamila. Si je suis venu jusqu'ici, ce n'est pas pour abandonner maintenant.

Je déploie toute mon énergie. La lumière de la lune s'est légèrement affaiblie. Je ne vois plus distinctement les obstacles qui sont sur le chemin. Je trébuche à maintes reprises. Les orties et les lianes qui obstruent le passage me lacèrent les membres et m'infligent une douleur vive. Je la supporte courageusement et continue ma course. Je me rends compte que je n'entends plus les voix des guérisseurs. Je m'immobilise et me tiens à l'affût du moindre bruit qui me mettrait sur leur piste. Mais je ne perçois rien.

Je poursuis dans la même direction et arrive au niveau d'un cours d'eau. Je le longe. Petit à petit, il se transforme en rivière. Je hâte le pas. Enfin, le jour se lève. Je persévère dans mes recherches.

Ça y est ! J'entends des bruits ! C'est sûr que c'est eux !

La végétation est très touffue à cet endroit et m'empêche de voir plus loin. Je progresse doucement et lentement, en prenant bien soin de ne pas piétiner une feuille morte ou un morceau de bois sec, dont les crissements occasionneraient à nouveau la fuite des guérisseurs. Je n'entends plus leurs voix. À part les sifflements du vent, rien d'autre ne trouble le calme déconcertant de la forêt.

Subitement, deux bonobos surgissent de nulle part et m'encerclent. Le premier se met à ma gauche tandis que le second passe à ma droite. Ils sont baraqués, semblables à celui qui a tué mes parents.

Trop tard pour m'enfuir. Je me doutais bien que cette histoire de rite allait mal se terminer !

Je garde un semblant de calme et continue à avancer alors que je tremble comme une feuille. Mes méninges carburent à plein régime afin de dénicher une issue moins douloureuse que la mort qui s'annonce.

Je maintiens mon rythme. Mes deux invités-surprises suivent la cadence. Je ne me préoccupe plus des deux fuyards.

Soudain, ils apparaissent devant nous. Ils sont debout près du fleuve et discutent à mi-voix. Ils tiennent toujours leurs gros bâtons en main, très fermement. En nous apercevant, ils cessent immédiatement leur conversation agitée et nous regardent bouche bée, les yeux écarquillés.

Chance !

Je me dis qu'à trois hommes, même si la victoire est quasi impossible, nous tenterons quand même quelque chose d'honorable face aux deux bonobos qui m'encerclent.

C'était sans compter sur l'angoisse des deux vieux. Contre toute attente, ils se mettent à trembler. Leurs mains vibrent comme une vieille machine à laver en phase d'essorage. Du coup, les bâtons s'échappent, tombent et roulent en direction du cours d'eau. Ils terminent leur course dans le fleuve. Les guérisseurs se retrouvent sans défense. Les deux animaux font quelques pas vers eux. Instinctivement, je les suis dans leur mouvement.

- On a l'antidote ! déclare l'homme le plus âgé. On va vous dire là où il est.

- Ne nous tuez pas ! supplie son jeune confrère. Pardon !

Je ne comprends pas pourquoi ils parlent d'antidote au lieu de voler à mon secours et me défendre contre les deux bonobos qui m'entourent.

Dans la position qui est la mienne, je ne peux oser dire un mot de peur que les primates m'étranglent, avant de s'attaquer à mes deux congénères. Les guérisseurs se blottissent l'un contre l'autre. Le plus jeune, visiblement très affecté, laisse échapper quelques urines qui humidifient son pantalon. Malgré la proximité du cours d'eau, ils reculent, s'approchant dangereusement du prédateur faussement calme et serein qui leur tend les bras.

Quel choix ferais-je à leur place ?

Je ne trouve aucune réponse à cette question qui m'est venue instantanément à l'esprit.

Puis, le plus âgé perd l'équilibre et bascule en arrière. Immédiatement, il fait tournoyer ses bras et réussit à se rattraper en s'accrochant à son collègue. Celui-ci vacille à son tour. Tous les deux chutent et s'agrippent à un petit arbuste sur le bord du fleuve, les pieds pendants dans l'eau. Leurs visages, légèrement cachés par un bout de terre surélevé, sont meurtris.

Ils nous fixent sans mot dire. Pourtant, je vois dans leurs yeux un appel à l'aide.

Puis, ils poussent des hurlements de désespoir. Je suis tétanisé. Je ne peux malheureusement pas bouger, car les deux bipèdes qui m'entourent commencent à grogner.

Étant trop minuscule pour supporter la charge, l'arbuste cède et les deux condamnés tombent dans l'eau. Une lutte s'engage entre eux et le monstre qui les avale.

Les mouvements de leurs bras trahissent le fait qu'ils ne savent pas nager. Par chance, une grosse branche arrive à leur hauteur. Ils s'y accrochent solidement, tout en se tenant l'un à l'autre.

Le courant, plus fort, les emporte. Alors qu'ils dérivent, transbahutés contre des rochers, ils tentent de saisir les lianes qui pendent au-dessus de leurs têtes. Leurs poids, ajoutés à la force du rapide, viennent à bout de leurs espoirs.

Quelques instants plus tard, je n'entends plus leurs cris. Leurs silhouettes virevoltent et disparaissent en contre bas. Je n'ai pas le temps de me lamenter sur leur situation, préoccupé par mon propre sort.

À trois contre deux, nous pouvions tenter quelque chose. Mais seul, je serai déchiqueté en quelques secondes par les bonobos. Me voici isolé, face à mon destin.

Les deux animaux me prennent par les épaules et me regardent dans les yeux. Puis, ils ouvrent leurs grandes gueules. Je découvre avec stupeur leurs dents acérées avec lesquelles ils s'apprêtent manifestement à me réduire en menus morceaux.

Je ferme les yeux et vois ma vie défiler. Je bafouille intérieurement quelques prières lorsque soudainement, un vacarme pétaradant se produit.

Un des bonobos détale par la gauche, l'autre se met à tournoyer tandis que moi, je file à toute allure vers l'arrière.

Plusieurs dizaines de mètres plus loin, après m'être assuré que je n'ai personne à mes trousses, je m'arrête et me retourne.

Un chasseur, armé jusqu'aux dents, poursuit l'un des bonobos. Le prédateur et sa proie se faufilent au milieu des herbes et des arbustes et disparaissent à l'horizon.

Le second primate continue à virevolter dans tous les sens. Il a visiblement été touché par une balle. Il finit par tomber dans le fleuve, presque au même endroit que les guérisseurs. Je le vois disparaître, englouti par le redoutable monstre tranquille.

Je quitte le petit chemin et pénètre dans la forêt d'une centaine de mètres environ, en courant. Je repère un coin isolé au pied d'un arbre et m'y arrête. Essoufflé, je reste debout quelques instants. Mes jambes tremblent. Je suis terriblement choqué par ce que je viens de vivre. Je me laisse tomber au sol, telle une marionnette dont on aurait coupé les fils.

Quelle folie les tenait pour qu'ils préfèrent me fuir au lieu de discuter avec moi ? Pourquoi parlaient-ils d'antidote ? D'où viennent ces bonobos ? Pourquoi suis-je ici tout seul, en plein milieu de la forêt ? Et pourquoi ces singes ne m'ont-ils rien fait ? Je n'y comprends plus rien !

Assis, je fais le vide dans ma tête pour mieux réfléchir à ce que je dois faire. Mon regard se fixe sur une fourmi qui, chargée de son butin, s'approche de moi. Je ne trouve pas d'énergie pour soulever ma main et l'en empêcher. Elle atteint mon pied droit et y grimpe. Puis, elle me pique furieusement. Je sursaute et me lève d'un bond.

En l'arrachant, je découvre mes jambes. Elles sont courtes, arquées, couvertes de poils noirs. J'ai peine à croire ce que je vois.

Je dois forcément rêver.

Je me frotte les yeux, comme pour sortir de cet horrible sommeil éveillé qui trouble mes sens. Je me dis que la décoction doit certainement encore faire effet. Pourtant, ces poils ont l'air si réels !

Je tends les bras devant moi ; ceux-ci sont également couverts de poils. Ils sont immensément longs ainsi que mes doigts. J'essaie de regarder mon dos. Curieusement, je constate que je parviens à me retourner plus facilement que d'habitude, alors que je suis la raideur incarnée. J'arrive même à voir mes fesses ; une grosse boule rouge y trône fièrement.

Je suis stupéfait. Je réalise que je n'ai plus l'apparence humaine. J'ai le corps d'un singe. Je suis devenu un bonobo.

Désorienté, je reste là amorphe et désespéré.

Je comprends maintenant pourquoi les deux bonobos m'ont rejoint.

Je retourne sur le bord du fleuve et me poste exactement là où j'étais quand les deux guérisseurs ont disparu.

Je sais aussi pourquoi ils ont paniqué et se sont sauvés. À leur place, j'aurais fait pareil !

Je fixe du regard l'endroit où je les ai aperçus pour la dernière fois, avant qu'ils ne soient avalés par le monstre surpuissant auquel aucun homme ne peut résister.

J'imagine des prédateurs carnivores les plus dangereux, avec des dents aussi longues qu'une épée de ninja, qui y vivent et qui n'attendent que de la chair fraîche à dévorer.

Je me rends compte que, seul dans la forêt et avec une forme animale, je n'aurai jamais de solution pour me sortir de l'impasse. Du coup, l'idée d'abréger mes souffrances en me jetant dans l'eau me traverse l'esprit, mais je me ravise rapidement.

Il ne faut pas que je renonce. Tamila m'attend. Il doit forcément y avoir un moyen.

Je me souviens que les guérisseurs ont parlé d'antidote. Aussitôt, je repars sur les lieux du rituel, tout en espérant le trouver ou tomber sur quelque chose qui pourra me mettre sur la piste.

La marche du retour me paraît durer une éternité. Je parviens, tant bien que mal, à retrouver le chemin.

J'arrive à la placette et l'inspecte du regard. Rien n'a changé de position. Je me dirige vers la petite construction dans laquelle les guérisseurs s'étaient isolés pour préparer la cérémonie. En avançant, je pense à mes parents et implore leur assistance. Depuis leur mort, leurs esprits protecteurs ont toujours été là pour m'accompagner et me soutenir, notamment pendant les moments difficiles.

Tout en retenant mon souffle, je pose un pied à l'intérieur et marque un temps d'arrêt. Je balaie des yeux cette bâtisse de fortune. Chaque objet semble à sa place. Quelques débris de céramique gisent au sol, probablement les restes de rituels antérieurs.

Je retourne tous ces éléments avec mes pattes, afin de m'assurer que je ne passe pas à côté d'un indice important.

J'ai beau fouiller la pièce, je ne trouve rien qui puisse ressembler à un antidote.

La situation s'avère de plus en plus alambiquée et la journée avance rapidement. Je me sens complètement lessivé.

Je décide d'aller me reposer et de continuer les recherches plus tard.

Comme il n'est pas question que je me couche dans cette cabane de malheur, je passe les alentours au peigne fin.

Je trouve un terrier abandonné, creusé au pied d'un grand arbre. Il est assez discret et confortable pour y passer un moment, à l'abri de mauvaises rencontres et du soleil qui tape.

Je m'y glisse et camoufle l'entrée avec un amas de branchages ramassés auparavant. Je me sens complètement épuisé par les évènements. Malgré l'inconfort, je m'endors rapidement.

Au bout de quelques heures, un chant d'oiseau me réveille. Je retire le camouflage et sors de mon abri de fortune. Je suis courbaturé de partout.

Mon ventre se met à gargouiller, m'annonçant la faim. Mais une chose occupe mes pensées : l'antidote.

Il se trouverait chez les guérisseurs. Je dois absolument arriver au village, le plus rapidement possible.

Je m'étire afin de recouvrer la motricité de mes membres. Un petit vent souffle et amène le froid. Je scrute le ciel. Le soleil a disparu. À en croire la luminosité, je devine que la nuit ne va pas tarder à pointer son nez. Il doit être presque dix-sept heures. J'ai le temps de rejoindre le fleuve avant que le piroguier ne parte.

Je me mets en route. Pendant le parcours, quelques pas malheureux me font tomber, mais je trébuche moins que dans la matinée. J'ai le sentiment de me familiariser davantage avec mon nouveau corps et les postures des bonobos.

J'arrive au point de rendez-vous. Le piroguier n'est pas là et son embarcation non plus.

Où peut-il être ?

Je m'assieds dans un coin et attends. Au bout de quelques minutes, j'entends des sifflotements. Je me grandis derrière le buisson qui me cache la vue afin d'en identifier l'auteur.

C'est le piroguier.

Comme la veille, il a son célèbre sombréro sur la tête. Il accoste, descend de son embarcation et la pousse en partie hors de l'eau. Il attrape son fusil et va s'assoir sur une souche d'arbre.

Tout excité, je me lève et commence à marcher vers lui. Juste après deux pas, je réalise l'énorme sottise que je suis en train de faire et plonge immédiatement dans les herbes broussailleuses, provoquant un léger bruit.

Dérangées dans leur quiétude, quelques bestioles s'envolent en criant.

Le piroguier bondit sur ses longues jambes fines comme des échasses, arme son fusil et scanne les alentours à la recherche de l'origine de l'agitation.

Quelle andouille je fais ! Comme si le piroguier allait faire monter un bonobo dans sa barque ! Je suis vraiment trop bête ! Il va plutôt se débarrasser de moi s'il me voit !

Cette situation est tellement pathétique ! Si j'avais mon apparence humaine, j'avancerais vers lui pour qu'il me transporte pour traverser le fleuve. J'arriverais en vainqueur au village pour épouser Tamila. Au lieu de cela, je suis contraint de me cacher comme un fugitif.

Le calme revient peu à peu.

N'ayant rien vu, le piroguier émet des sifflements perçants. Je me souviens que dans mon enfance, les villageois faisaient des sons semblables pour communiquer entre eux sans effrayer le gibier. Les piaulements du piroguier ne trouvent cependant pas d'écho. Après plusieurs tentatives, il retourne vers sa pirogue, la détache, saute à l'intérieur et disparaît comme il est venu.

Il faut que j'improvise une solution pour traverser. Mais comment faire alors que je ne sais pas nager ?

Je longe le fleuve et arrive à un endroit où le lit est moins large. Les courants y sont cependant rapides. D'immenses arbres, envahis par des lianes, sont situés sur chaque rive. Leurs feuilles se touchent presque.

Je me souviens de la manière dont les singes sautent de branche en branche. Petit, je passais du temps à les observer et rêvais de pouvoir les imiter.

C'est maintenant le moment de tester mes talents d'homme dans un corps de bonobo.

Je me concocte un plan.

Je vais attraper cette tige-là. Elle va m'aider à grimper dans l'arbre. Puis je vais avancer sur la branche qui surplombe le fleuve. Ensuite, je vais saisir la liane et hop, je serai sur l'autre rive, en moins de deux minutes. Ça ne doit pas être si sorcier !

Ma voix intérieure m'avertit toutefois que le pari est assez risqué, mais je garde mon enthousiasme et reste confiant.

En prenant assez d'élan, je devrais y arriver, sans problème !

Fier de mon plan, je le mets à exécution et m'élance sans plus tarder.

J'amorce mon ascension dans l'arbre. Cela s'avère beaucoup plus difficile que ce que j'avais pensé. Le tronc, qui m'apparaissait assez rugueux pour m'offrir une bonne prise, ne cesse de glisser sous mes pattes écorchées. Je saigne par endroits.

Mais comment font ces bonobos pour se sentir si à l'aise lorsqu'ils grimpent dans les arbres ? S'ils y arrivent, je devrais y arriver ! Je ne suis pas plus bête qu'eux.

J'insiste et finis par me hisser sur la branche qui surplombe le fleuve et à laquelle la liane est accrochée.

Galvanisé par mon succès, je décide d'accélérer, pour ne pas perdre de temps.

J'avance sur une ramification en faisant des pas chassés jusqu'à la plante grimpante. Je me baisse, la saisis fermement de mes mains et m'élance sans retenue.

Il ne me faut pas plus d'une seconde pour constater que je suis dans une impasse totale.

Quel fiasco !

Mon super plan m'a amené droit dans le fleuve, à peine à deux mètres de la rive sur laquelle je me trouvais.

Le courant m'entraîne. Je panique et mes réflexes humains prennent le dessus. J'essaie de faire des mouvements de crawl, mais cela ne m'aide en rien. Mes jambes sont happées par un dangereux rapide.

Pour finir, je perds le contrôle et suis emporté. Tous mes efforts pour éviter d'avaler de l'eau sont vains. J'ai de moins en moins de souffle pour résister. L'espoir de retrouver Tamila s'amenuise au fil des secondes.

Dans un dernier geste désespéré, je tourne la tête et aperçois un tronc d'arbre échoué en aval, à une vingtaine de mètres. Son bout est sur ma trajectoire. L'optimisme renaît. Quand je l'atteins, il stoppe ma course folle et je m'y agrippe.

Exténué, je prends une grande respiration. Elle m'apaise. Malheureusement, le répit est de courte durée.

Une embarcation vétuste, charriée par le courant, fonce droit sur moi. Pour l'éviter, je tente de grimper sur le tronc. Celui-ci tourne sur lui-même et je me retrouve sous l'eau.

Quand je réussis à avoir la tête en surface, je suis à quelques mètres du tronc, emporté par le rapide. Je manque plusieurs fois de me cogner aux rochers tranchants qui se dressent sur ma route.

Dans mon malheur, je me dis que la chance m'accompagne, car je suis toujours vivant. Au bout de plusieurs minutes de lutte acharnée et désespérée, j'arrive dans une sorte de grande cuve naturelle, d'une cinquantaine de mètres de largeur. Le courant y est faible.

Si je dois sortir de l'eau ! C'est maintenant ou jamais !

Seulement, il n'y a aucun objet à ma portée auquel je peux m'accrocher pour me hisser jusqu'à la rive. Je tente de nager, mais je n'ai pas plus de succès qu'avant. Je bats des pieds et des mains en même temps, mais ai plus l'impression de dépenser mon énergie dans des mouvements inutiles que d'avancer.

Il me faut de plus en plus de force pour maintenir ma tête hors de l'eau. Je bois la tasse. Je commence à sentir la fin des haricots.

Je m'impose un bref instant de concentration et pense aux leçons de maître Tierno.

Il nous avait amenés à deux reprises dans l'étang des sœurs de la congrégation Sainte-Éléonore. Elles y élevaient des poissons. C'était juste avant qu'il ne soit détruit, après leur départ définitif. Bien sûr, il n'y avait plus de poissons. Avant de nous laisser plonger dans le bassin, il nous avait donné ce conseil : « Dans l'eau, si tu sens la mort venir, fais le mort et tu resteras en vie ».

Comme mon propre plan m'entraîne dans une situation inextricable, je décide de suivre les préconisations avisées de maître Tierno.

Je vide mon esprit, et m'efforce de m'allonger sur le dos. J'ai beaucoup de mal à maintenir mon postérieur à la bonne hauteur pour pouvoir flotter sans problème. J'essaie de me détendre et parviens, finalement, à me rapprocher de la position de planche.

Le faible courant m'entraîne doucement. Je me sens un peu soulagé. Je vois le ciel immense au-dessus de moi. J'ai l'impression de voler, comme libéré de l'attraction terrestre qui m'attirait au fond de l'eau.

Cet instant est magique. Je me laisse transporter vers la rive. L'image de Tamila, me donnant le baiser des mariés, me traverse l'esprit.

Puis, je remarque que je suis déporté vers une brume de plus en plus épaisse. Je me redresse légèrement et manque de boire une nouvelle tasse. Je découvre que je m'éloigne du rivage.

Une cascade ! Je me dirige tout droit vers une chute !

Je me débats de toutes mes forces pour éviter la catastrophe, mais c'est déjà trop tard.

Le courant accélère et m'emporte. Je frappe ma tête contre un rocher et perds connaissance. C'est le trou noir.

Lorsqu'un semblant de conscience me revient, j'ai froid. Mon corps est humide et maculé de boue. J'ouvre les yeux et observe les alentours. Je n'ai aucune idée de l'endroit où le fleuve m'a emmené.

Je ne pourrais pas dire de combien de mètres de hauteur j'ai chuté dans la cascade. Dieu merci, je n'ai rien de cassé, mais ma tête me fait drôlement mal et mon flanc droit est douloureux.

Au loin, je vois une succession de montagnes. L'une d'entre elles attire particulièrement mon attention, car contrairement aux autres qui arborent un pic, elle forme un plateau.

Mais oui ! C'est bien ça ! Je reconnais cette montagne ! C'est celle dont mon père parlait dans un de ses récits !

Il nous avait raconté que par une nuit de tempête, un groupe de chasseurs égarés, épuisés et affamés avaient dû marcher pendant trois jours et deux nuits pour regagner la campagne. Mon père décrivait un mont en plateau, après une succession de pics, qui surplombait l'agglomération.

J'ai retrouvé le village !

L'espoir me fait oublier le mal de tête, la douleur, la fatigue et la faim qui me torturent. Je décide de prendre la route sur-le-champ, puisque la nuit approche à grands pas.

Il faut que j'y arrive avant le noir total.

Le ciel s'assombrit progressivement et de gros nuages menaçants apparaissent. Très vite, je me rends compte que j'ai sous-estimé la difficulté du parcours. Je peine à avancer tant la pente est abrupte. Aucun sentier n'existe, ce qui complexifie mon ascension. La végétation est très touffue. Je ne vois pas où je pose mes pieds et suis continuellement surpris par l'irrégularité du terrain, rendu glissant par l'humidité oppressante de la forêt. Au bout d'environ une heure de montée laborieuse, une pluie tempétueuse éclate. La boue et la mousse transforment le sol en une vraie patinoire. Je manque de tomber à chacun de mes pas.

La foudre frappe un arbre à une dizaine de mètres de moi. J'ai toujours eu très peur de cette décharge électrique incontrôlable contre laquelle nul ne peut lutter. Terrorisé, je me déconcentre et pose le pied sur un rocher recouvert de mousse. Et là, patatras !

En moins d'une fraction de seconde, mon corps part vers l'arrière et mes pieds se retrouvent en l'air. Des torrents d'eau m'emportent. Je dévale la pente en criant. Je manque plusieurs fois de me cogner contre les rochers qui parsèment le chemin et parviens, comme par magie, à les éviter.

J'essaie de m'agripper à tout ce qui se trouve sur mon passage : caillou, arbuste... mais rien ne ralentit ma dégringolade. Je prends de plus en plus de vitesse.

Soudain, je suis propulsé dans le vide. Mes cris se transforment en hurlements alors que je flotte au-dessus des herbes. Je heurte rudement la paroi d'un énorme trou béant avant d'atterrir brutalement dans son fond. J'évite de peu de me faire transpercer le corps par des clous fixés sur des planches, disposées à plusieurs endroits.

Il ne manquait plus que ça ! Quelle poisse alors ! On dirait vraiment que le sort s'acharne sur moi !

Le gouffre, qui me retient prisonnier, fait presque cinq mètres de haut et deux mètres de diamètre. Il est profond et semble le fruit d'une œuvre humaine. Je devine qu'il s'agit d'un des pièges que les chasseurs confectionnent pour capturer leurs proies. Ils dissimulent leurs orifices en les couvrant de troncs et de branchages de toute sorte pour tromper la vigilance des animaux.

C'est un dispositif redoutable qui permet d'attraper les bêtes sans trop d'effort ; sauf que cette fois-ci, c'est moi qui suis le gibier.

Vu de l'intérieur, ce trou est vraiment impressionnant. Je suis plongé dans une semi-pénombre. Je constate qu'il contient peu d'eau, signe qu'un dispositif empêche les torrents de la montagne de s'y déverser.

C'est ingénieux !

Je remarque très vite que la paroi, composée de terre et de pierre, est trop lisse pour que je puisse l'escalader facilement. Par endroit, des herbes ont poussé. J'ai l'idée de me hisser jusqu'au sommet en m'y accrochant.

J'attrape une touffe d'herbe avec chacune de mes mains et prends appui avec mes pieds. J'essaie de coordonner mes mouvements tant bien que mal. Mais très vite, je suis pris de crampes au niveau des orteils, qui n'ont pas l'habitude de fournir tant d'efforts. Je suis comme paralysé.

Après pratiquement quinze minutes d'acharnement, je me retourne afin d'évaluer ma progression. À mon grand désespoir, je n'ai parcouru qu'un mètre.

Je ne me laisse pas décourager pour autant. Après tout, un mètre, c'est déjà bien. Chaque centimètre que je gagne est une victoire. Je parviens à attraper le bout d'une liane qui pend le long de la cavité à mi-hauteur. Mobilisant le peu d'énergie qu'il me reste, je me hisse et réussis à m'extraire du piège, totalement exténué.

Je lance un coup d'œil sur la montagne et constate que je suis pratiquement revenu au point de départ.

Tant d'efforts déployés pour rien !

Je suis dégoûté ! Je m'étale au sol un court instant pour reprendre des forces.

Il doit bien y avoir un autre chemin pour atteindre le sommet de cette montagne.

Je me lève et me fraye un passage parallèle au précédent. Il est plus praticable. Les cailloux et les touffes d'herbes qui le jonchent me permettent d'avoir une meilleure adhérence au sol.

Aïe ! Une écharde !

Impossible de continuer avec celle-ci dans le talon. Je m'assieds et observe la région douloureuse de mon pied. L'épine n'est pas totalement enfoncée. Je la retire et reprends mon escalade. Je ne veux pas perdre de temps, car l'envie de mettre fin à cet enfer au plus vite est forte.

Je puise dans mes dernières forces. Les gargouillis de mon ventre me rappellent que je n'ai rien avalé depuis un bon moment. Néanmoins, je continue la rude ascension.

J'arrive enfin au sommet, presque au milieu de la nuit. Heureusement, la pluie a cessé depuis longtemps et le clair de lune s'est à nouveau invité.

Je contemple le paysage. Il est magnifique. On oublierait quasiment l'hostilité de lieux. Je fixe les pics repérés au début de mon ascension. Ils ressemblent bien à ceux des récits de mon père. Mais en projetant mon regard à droite, j'aperçois une autre série de sommets interrompue par un plateau et ainsi de suite.

Ce n'est pas possible ! Je pensais qu'il n'existait qu'une seule série de pics terminée par un plateau ! Et là, j'en vois plus d'une dizaine ! Quelle chaîne de montagnes est la bonne ?

Mes espoirs s'envolent.

Je m'écroule, abattu. Progressivement, je me recroqueville sur moi-même et éclate en sanglots sourds.

Je ne m'en sortirai jamais ! Je suis condamné à mourir dans cette forêt de malheur ! Je n'arrive même plus à réfléchir ! Que vais-je devenir ?

Sans m'en rendre compte, le sommeil m'emporte.

Le matin, au réveil, je cherche une solution. J'ai beau tourner l'équation dans tous les sens, elle aboutit toujours à la même conclusion : le retour au village est plus que compromis.

Je suis perdu et ne maîtrise pas l'environnement ; sans compter que je suis affamé et épuisé. Et même si je trouvais le chemin du village, il faudrait une grande dose de chance pour que j'arrive à y pénétrer et y circuler sans me faire remarquer.

Je n'ai pas le choix. Si je veux vivre, je dois d'abord apprendre à survivre dans cette jungle.

L'apprentissage

Maintenant, c'est officiel ! Je suis perdu. Je ne verrai plus jamais Tamila. Je ne sais même pas si je m'en sortirai sans elle.

Aussi près du but ! Pourquoi n'ai-je pas suivi mon instinct et refusé catégoriquement ce foutu rituel ? Je serais encore humain. Je n'aurais pas autant de poils sur le corps. Je n'aurais pas ce truc rouge qui me pèse entre les jambes et que je ne supporte pas.

Puis, je sens la faim me tenailler le ventre. Je me lève et déambule vers les quelques arbustes qui poussent encore à cette altitude. Ils sont très petits, si bien que ma grande taille me permet d'atteindre leurs feuilles sans difficulté. Je les cueille et les mange avec force et gloutonnerie, comme si elles étaient à l'origine de ma souffrance.

Quelques minutes plus tard, il n'y a plus de feuilles sur aucun arbuste au sommet de la montagne. Mon ventre est bien boursouflé et j'ai du mal à avancer. Aussi, je m'étale sur l'herbe afin de digérer, tout en espérant trouver une solution. Le regard tourné vers le ciel et les pattes disposées à gauche, je scrute la voûte céleste à la recherche d'un signe.

Tout à coup, je vois un trait blanc se former progressivement dans le ciel, comme s'il était dessiné par une main invisible.

Jusqu'à présent, mes plans n'ont été d'aucune utilité. Je vais donc m'en remettre à cette mystérieuse main venue de l'au-delà et suivre le chemin qu'elle me dessine. Mais, avant d'y aller, il faut que je me repère.

Je fais un tour sur moi-même, mais ne vois rien qui puisse m'indiquer le sud, mon point de repère.

Les cours de géographie que maître Tierno nous avait donnés me viennent à l'esprit. Je me lève, me dresse sur mes pattes arrière et écarte mes bras pour former une croix, telle une girouette.

En regardant le côté où se lève le soleil, je situe la direction de l'est, et j'en déduis les autres points cardinaux. Je suis fier de ma trouvaille. Je me tourne et fixe l'astre du jour.

Au moment de repérer le nord, j'ai un bref moment d'hésitation pour identifier ma gauche de ma droite. J'ai toujours eu tendance à les confondre. Finalement, le quiproquo est levé.

Ça y est ! C'est clair maintenant ! Cette marque dans le ciel m'indique le nord. C'est donc vers le septentrion que je dois me diriger.

Bien que mon ventre me pèse encore, je suis le guide, sur-le-champ. Je commence à courir à petites foulées, sur mes pattes arrière. Mais je me sens déséquilibré et un peu entravé.

Qu'est-ce que je suis bête ! J'ai encore oublié que je ne suis plus vraiment humain !

Je me mets à quatre pattes et tout de suite, je suis plus à l'aise. Ma course est fluide. Mon guide avance dans le ciel. Je fais de même au sol. J'ai toutefois le sentiment qu'il est plus rapide que moi. Aussi, j'accélère et dévale la montagne. La pente est légère.

Tout se passe sans difficulté jusqu'à ce que je commence à apercevoir les branches d'arbres, à plusieurs centaines de mètres devant moi. Elles sont proches du sol comme si ces plantes n'avaient pas de troncs. Quelques touffes d'herbes de hautes tailles m'obstruent la vue. Néanmoins, je continue ma course tout en gardant un œil sur mon guide, de peur de le perdre.

Soudain, je heurte une pierre cachée sous l'herbe et me déséquilibre. Mon corps s'élève dans le vide, à plus d'un mètre du sol. D'un coup d'œil, je repère un morceau de bois posé tout près. J'atterris sur le rondin, sans ménagement.

Humidifié par la rosée matinale, il se met à glisser sur l'herbe, également mouillée. La pente lui donne un effet accélérateur, si bien qu'il fonce de plus en plus vite. J'envisage de sauter du radeau fou, mais la peur me tétanise. Je reste scotché sur le morceau de grume avec comme seul espoir la branche d'un grand arbre qui déborde sur ma trajectoire. Elle est à quelques mètres de moi et je m'en approche rapidement.

Lorsque je suis à deux doigts de l'empoigner, je découvre que ma bille de bois est suspendue dans le vide et entame déjà sa descente, m'enlevant ainsi tout espoir d'attraper la branche salvatrice. Je saisis de justesse une ramification par ses feuilles. Sous mon poids, elle se tord et m'entraîne, comme un pendule, d'un côté, puis de l'autre.

Au troisième tic-tac, la branche cède. Je fais un saut d'environ quinze mètres et atterris au sol, après plusieurs chocs plus ou moins brutaux et inévitables contre des branches.

Comme si un malheur ne venait jamais seul, je découvre médusé, que je suis toujours sur le flanc de la montagne, dans une partie extrêmement pentue.

Ce qui devait arriver arriva.

La pesanteur m'entraîne et je me mets à rouler, tel un ballot de paille jeté du haut d'une colline.

Sur mon chemin, j'embarque sans réserve des nids de fourmis. Mon roulé-boulé fou m'entraîne dans un trou à moitié rempli de poto-poto.

Je commence un soupir, mais avant qu'il ne se termine, je reçois plusieurs pincements au corps. Des fourmis voraces se sont infiltrées sous mes poils et ont commencé leur festin. Visiblement, elles se régalent.

Je me gratte tous azimuts, mais n'arrive pas à m'en débarrasser. Je me roule dans la boue. Heureusement, elle est collante. Elle immobilise les petites bêtes, les empêchant de me croquer à leur guise.

Je sors de la fosse tout noir, complètement recouvert d'un mélange de boue et de détritus. Je me sens désossé, mais je n'ai pas le temps de m'apitoyer sur mon sort. Je ne dois pas perdre de vue mon guide. Aussi, je lève la tête. Le ciel est invisible, caché par les branches de gros arbres.

Mon mystérieux accompagnateur a probablement continué son chemin.

Une douleur diffuse me parcourt le corps. J'essaie de faire quelques pas, mais je me sens très fatigué et ma démarche est nonchalante. Je me laisse choir au pied d'un arbre et ferme les yeux. Les minutes passent.

Aïe ! Je suis attaqué !

Une fourmi vient de me donner un coup de croc, exactement sur la boule rouge. Je l'attrape par l'abdomen et la tire fermement. Elle ne lâche rien et se coupe en deux. Ma douleur s'amenuise. Délicatement, je retire la partie restante et l'écrase sur une pierre.

Je dois vraiment vite apprendre à vivre dans cette jungle, sinon j'y laisserai ma peau.

Je m'accorde encore un court moment de récupération.

Avant de repartir, je regarde tout autour de moi dans l'objectif d'identifier la direction du nord que je suivais. Aucun indice pour m'aider. Les roulades en montagne m'ont tourné et retourné, au point que je n'ai plus de repère.

Toutefois, quelques rayons lumineux s'infiltrent encore jusqu'à moi. À partir de leur inclinaison, je devine la position du soleil et donc de l'est. Je me remémore ma leçon de géographie et repère le nord.

Entre-temps, la boue a séché en surface et je suis devenu tout blanc. Comme un fantôme, je marche dans la forêt.

Les jours et les nuits passent et je ne trouve rien qui puisse m'aider. Je me sens seul. Sans cesse, je pense à Tamila, à Lucas et à tous les villageois que je n'aurai plus l'occasion de côtoyer.

Je me souviens aussi de mon enfance. Bien qu'elle ne fût pas totalement heureuse, elle était parfois ponctuée de moments de plaisir, de bonheur et de complicité avec mes amis et mes camarades d'école.

Je ne trouve rien non plus à manger. Les arbres sont majestueux et leurs feuilles sont hors de ma portée. Toutes mes tentatives pour y grimper se sont soldées par des échecs. Certes, j'ai le physique d'un singe, mais les réflexes n'y sont pas encore. Je me sens faible. J'ai du mal à percevoir distinctement les objets qui m'entourent. La faim me tenaille le ventre. Pour la calmer, je ronge les écorces, malgré leur manque de saveur. Elle me revigore et me permet de continuer ma route.

Je me démène. Je dévore des kilomètres. Je m'arrête de temps en temps pour me nourrir des enveloppes protectrices des troncs. Au bout de plusieurs jours, j'arrive dans un endroit où les arbres sont de petite taille.

En contemplant le paysage, j'aperçois des bananiers. L'un d'eux a produit un régime. Ses bananes sont mûres. Je cours et m'installe devant, prêt à le renverser.

Un petit bruit détourne mon attention. Je regarde à gauche, puis à droite afin de m'assurer que je suis seul pour le régal. Il n'y a personne et les bruits ont disparu. Toutefois, un arbre semble bouger au loin. Je cligne des yeux et le regarde avec insistance.

Je crois que la faim m'a affaibli la vue.

Le lieu est calme. Même les oiseaux et les petits insectes semblent absents de cet endroit de la terre. N'ayant rien observé d'anormal, je me concentre sur le bananier et sur la façon dont je vais le renverser.

Pour y arriver, il faut que je le bouscule avec force.

Je recule d'environ deux mètres pour prendre de l'élan. Puis, j'accélère tel un héron au décollage lorsque je suis soudainement stoppé dans ma course par des cris. Ils sont aigus et diffus.

Immobilisé et apeuré, je balaie du regard mon environnement. Il y a du mouvement dans les arbustes au loin et le vacarme s'intensifie.

Mon inquiétude grandit.

Je vois surgir de gros animaux noirs ; des bonobos. Ils sont nombreux, environ une vingtaine. Ils avancent en hurlant.

Que vont-ils me faire ?

Je suis de plus en plus terrifié à mesure qu'ils s'approchent. L'un d'eux est très grand. C'est lui qui donne la cadence. C'est probablement lui le chef.

Il s'arrête à ma hauteur et me fusille du regard. Mon cœur est au bord de l'explosion. Puis, il se met à tourner autour de moi en me narguant avec son sourire éclatant et désarmant. Le reste de la troupe observe la scène tout en mimant les mêmes gestes.

Le leader arrête sa rotation, me prend par l'épaule et me gratouille. Me souvenant des leçons de maître Tierno, je lui réponds avec un geste similaire. Il ne s'y oppose pas. Au contraire, il semble intéressé. Aussi, je me dis qu'ils me considèrent comme leur frère. Du coup, mon rythme cardiaque ralentit.

Puis, le colosse lève la main. Aussitôt, deux bonobos sortent des rangs et avancent vers nous, debout sur leurs pattes arrière. Ils ont des regards pénétrants et farouches. Ils arrivent près de moi et s'arrêtent. Le reste du troupeau se met à crier et à lever les bras comme pour les galvaniser. N'arrivant pas à qualifier l'ambiance, je plonge dans le doute.

Le chef fait un signe. Les deux bonobos prennent de l'élan : l'un fonce tout droit vers le bananier et le bouscule si fort qu'il tombe. L'autre, qui était allé vers le côté, réceptionne délicatement le précieux butin. Ils en extraient le régime, le portent et le déposent au milieu de l'assemblée qui s'était rapprochée pour former un cercle. Ils se tournent vers leur patron qui leur fait un autre signe. La harde émet à nouveau des cris. Les deux bonobos cueillent des bananes et les partagent avec tout le monde, à raison d'un doigt par animal. Ils commencent par les petits, avant d'en donner aux grands. Moi aussi, j'ai droit à un doigt de ce fruit tropical.

À la fin, il reste quelques bananes sur le régime, que l'un d'eux ramène au chef. Il les distribue aux plus petits. Il en garde un dernier qu'il me tend, accompagné de quelques gestes de tendresse. Je le prends et lui fais en retour des signes semblables.

En reproduisant les comportements que j'observe, j'empêche les réflexes humains de prendre le dessus et me trahir.

Les autres bonobos se rapprochent de moi et miment le même signe. Je sens un léger sourire illuminer mon visage. Je suis content.

Je pense que j'ai enfin trouvé de la compagnie.

Quelques heures après le festin, nous quittons les lieux, en direction d'une vallée visible au loin. Les petits marchent au milieu, tandis que les plus grands les entourent, certainement pour les protéger du danger. De temps en temps, certains grands avancent plus vite et grimpent dans les arbres pour surveiller les environs. Parfois, ils ne descendent même pas et progressent d'un arbre à l'autre.

Je trouve cela fascinant. Moi, qui ai toujours eu peur de faire de l'accrobranche, je vais avoir du mal à cacher que je ne suis pas un véritable bonobo. Je ne vois pas comment je peux avoir la même dextérité et la même facilité à voler dans les airs.

Alors que je n'ai même pas encore essayé, la peur me domine et m'empêche de jubiler comme les autres. Je marche tout de même comme eux, tantôt sur quatre pattes, tantôt sur deux, afin de me fondre dans la masse. J'essaie aussi chaque geste afin d'être au point rapidement. Je fais en sorte que ma peur ne se voie pas.

Un bonobo s'approche de moi et me tapote le poitrail. Il est de taille moyenne. Il vient de terminer un long parcours dans les airs. Je pense qu'il veut m'amener jouer avec lui dans les arbres, mais il est clair que c'est beaucoup trop tôt pour moi.

Pour le dissuader, je simule un mal de bras. Quand il s'en rend compte, il retire rapidement sa main et me fait un signe de la tête, avec un regard profond et attendrissant. Mais il ne s'arrête pas là.

Il demande à voir le membre affaibli. Heureusement, les blessures laissées lors de la dernière descente de la montagne sont encore fraîches et bien visibles. J'écarte les poils et les lui montre. En voyant les traces de sang, il hurle. Les autres bonobos se mettent, eux aussi, à crier. Ils accourent vers moi et me témoignent une attention forte et réelle.

La marche continue et les gestes de sympathie se multiplient à mon égard.

Un petit bonobo a l'air fatigué. Il court vers sa maman en faisant des grimaces. Celle-ci lui tend sa patte gauche et en un geste rapide, il grimpe sur son dos. Les feuilles sont désormais à sa portée. Il les cueille et les mange avec gloutonnerie. Il en offre aussi à un autre petit bonobo qui marche tout près d'eux et qui n'a pas bénéficié du soutien de sa maman.

J'observe les aînés et les parents ; ils en font autant. La plupart du temps, tout se passe dans la bonne humeur. Mais quelques fois, c'est la confusion.

Deux bonobos, pour des raisons qui m'échappent, se disputent une feuille, alors qu'il en existe des milliers d'autres à côté. Quelques minutes plus tard, la brouille se transforme en invective.

Oh là là, ça va mal se terminer, cette histoire !

Les autres accourent. Je me dis qu'ils vont les séparer. Au lieu de cela et à ma grande surprise, ils n'en font rien. Au contraire, ils se postent à côté et les observent.

*Ils ne vont pas les laisser s'entretuer, quand même !
On est vraiment chez les animaux !*

J'ai envie de faire quelque chose pour arrêter la bagarre qui se dessine et qui peut à tout moment dégénérer, pourtant je me rétracte. Les conséquences peuvent être graves pour moi qui ne saurais pas me défendre. Je bouillonne intérieurement, mais je ne laisse rien transparaître.

La joute verbale s'intensifie chez les protagonistes, sous les youyous des observateurs. Soudain, le premier bondit et attrape son adversaire par les épaules. D'un geste décidé, il le renverse et le maîtrise au sol. Au lieu de se défendre, ce dernier se laisse faire et l'assistance acclame.

Je découvre finalement qu'ils ne sont pas en train de se battre ; les deux tourtereaux sont dans une étreinte charnelle fougueuse.

Je reste pantois alors qu'un flashback me revient.

Chaque fois qu'il y avait une bagarre à l'école, maître Tierno convoquait tout le monde et répétait sans cesse : « Faites comme les bonobos : faites l'amour et non la guerre ».

Mon jeune âge de l'époque ne m'avait pas permis de comprendre le sens de cet adage. Je pense qu'il en était de même pour mes camarades d'alors. Maintenant que je mesure la portée de cette sagesse, je me dis que c'est ce que les humains devraient faire. D'ailleurs, si j'arrive un jour à retrouver mon aspect d'antan, je ferai miens les sages conseils de maître Tierno.

Au bout de quelques secondes de tendresse, une ambiance calme, détendue, amicale et fraternelle règne à nouveau dans la communauté.

La marche continue. Des scènes semblables se répètent de temps en temps jusqu'à notre arrivée dans un endroit très arboré de la forêt. La présence de coins et recoins plus ou moins aménagés, la joie que je lis sur la plupart des visages et la présence d'herbes, complètement détruites par piétinement et aplaties au sol, me font deviner que nous sommes arrivés à notre destination finale, dans le camp des bonobos.

Entre-temps, le soleil a disparu à l'horizon et la nuit approche à grands pas. Chaque singe est allé dans son abri, sauf moi. Le chef me prend par la main et m'amène dans un des recoins. Il me pointe un petit espace au pied d'un arbre. Je comprends que c'est désormais mon lieu de vie.

Un bonobo est couché tout près, en face. Il était dans le troupeau avec nous, mais marquait de la distance avec moi. Il lève légèrement la tête et me lance un regard curieux. Puis, il me scanne de la tête aux pieds. Bien que je trouve son attitude étrange, je ne laisse rien transparaître.

Le chef me souhaite une bonne nuit et s'en va. Mon colocataire se réveille et le rejoint. J'ai le sentiment qu'il va dire du mal de moi, mais un arbre me barre la vue et m'empêche de les voir. Ils ne sont malheureusement pas assez près pour que je puisse écouter leur conversation. Il revient quelques minutes plus tard et se couche sans même me regarder.

Troublé, je n'ai plus envie de dormir malgré une journée harassante.

Ce n'est qu'environ quinze minutes après que mes paupières commencent à s'alourdir. Je résiste, ne sachant plus ce que la nuit et mon voisin d'en face me réservent.

Puis, j'entends des bruits. Je lève la tête. Un mouvement d'attroupement se forme progressivement au milieu du camp.

Que se passe-t-il ?

Je me tourne vers mon voisin de logis et lui demande s'il connaît la raison de ce rassemblement. J'y parviens en utilisant les premiers gestes et signes appris pendant le trajet. Il me toise, puis se lève et s'en va sans me répondre. Ne sachant pas ce qui se passe, je ne bouge pas. Je fais le choix de rester sur place et de me préparer psychologiquement à affronter ce qui pourrait arriver.

Je remarque que les bonobos, qui passent devant mon logis, détournent systématiquement leurs regards.

Qu'y a-t-il ? Pourquoi est-ce que personne ne me dit plus rien ? Ont-ils découvert quelque chose ?

La curiosité l'emporte. Je me lève et rejoins la foule, qui a grossi considérablement. Le chef arrive et m'invite au centre. Il appelle un petit bonobo et lui demande d'exécuter une série de mouvements. Quand il termine, le chef m'ordonne de les répéter. Je comprends vite qu'ils cherchent à vérifier quelque chose. J'exécute selon ses exigences. Par chance, les mouvements proposés sont parmi ceux que j'ai appris pendant le parcours. Tout se passe donc bien jusqu'au saut dans les branches.

J'avais bien vu comment les bonobos bondissaient dans les arbres, mais la peur m'avait empêché de tester. Mon cœur commence à battre la chamade. Je voudrais refuser, mais me ravise, car s'ils découvrent que je suis humain, il ne leur faudra pas plus d'une seconde pour me transformer en miettes.

Dans un élan de survie, je fonce et grimpe dans l'arbre. À ma grande surprise, je m'y accroche bien. Je saute de branche en branche, sans grande difficulté.

En un temps record, je termine le parcours et retrouve l'assistance avec un grand sourire. Le chef me félicite, se retourne et se dirige vers son logis. Les autres en font autant, moi aussi. Mon colocataire revient quelques secondes après. Il s'approche de moi et me regarde avec bienveillance. Puis il se met à m'épouiller, en commençant par la tête.

Ça confirme que je suis bien chez les bonobos ! Alors qu'il y a juste quelques instants, il me regardait presque méchamment. Voilà qu'il me caresse le visage.

Il poursuit dans la région du dos. Ne sachant pas comment je peux lui dire non sans prendre un risque, je ne le rejette pas. Par contre, je serre les dents. Mon imagination devine déjà la fin de cette séquence. Puis il enchaîne sur ma poitrine.

Papa, Maman, faites quelque chose.

Au moment où sa main commence à descendre plus bas, un petit bonobo crie. C'est son enfant. Il vient de tomber d'un arbre. Sa mère me lâche et vole à son secours. Je me lève et la suis, en courant. Nous recueillons ensemble le petit qui s'est fait mal à la jambe en tombant. Il jouait sur une branche morte qui a cédé.

Sa mère l'amène dans notre logis où il passe plusieurs jours, sous notre surveillance commune. Je profite de ces instants complices avec le petit, pour apprendre davantage sur le mode de vie des bonobos, notamment quand sa maman lui enseigne de nouvelles choses.

Mon séjour se poursuit dans le camp sans problème. J'observe, j'essaie, j'apprends. Je capte tout ce que je vois. Plus le temps passe, plus je deviens un véritable bonobo. Je gagne en dextérité et ma posture s'améliore. J'ai même l'impression de penser de plus en plus comme eux.

La seule chose que j'ai réussi à éviter jusqu'à présent, c'est d'avoir des ennuis avec un bonobo ; parce que ça se termine toujours en amour. Je garde espoir que cette situation dure le plus longtemps possible. J'ai aussi découvert des choses qui m'ont interpellé.

La haine des villageois envers les bonobos est réciproque. Elle est même viscérale chez les singes, au point qu'ils envisagent d'en découdre avec les humains, dès que possible.

Plusieurs bataillons de guerriers-bonobos sont sur pied et leurs entraînements sont quotidiens. Celui du jour va bientôt commencer. Le chef arrive et explique l'exercice. C'est une technique que les humains utilisent pour encercler un troupeau de vaches récalcitrantes.

Waouh ! Mais comment peuvent-ils connaître toutes ces techniques ?

Bien sûr, à cette question, je n'ai pas de réponse.

Un jour, en me promenant dans les environs du camp, j'aperçois un fruit rouge dans un arbre. Je grimpe pour le cueillir et calmer la faim qui me dévore les entrailles. C'est là que je découvre un camp aménagé tout près. Secrètement, cinq bonobos s'y entraînent. J'ai l'impression de voir les plus costauds, les plus affûtés et les plus aguerris de notre communauté.

Je me concentre pour écouter ce qu'ils se disent. Dans la plus grande discrétion, ils vont chaque jour espionner les humains afin de découvrir leurs techniques et d'identifier les failles dans leur dispositif de sécurité.

Je suis abasourdi et en même temps heureux. Je tends les bras vers le ciel. Une lueur d'espoir vient de renaître en moi.

Merci ! Merci de me donner encore cette petite chance de retrouver ma Tamila.

Une larme perle et coule sur ma joue. Je l'essuie rapidement.

Je dois être fort et ne pas laisser les émotions prendre le dessus.

Je descends de l'arbre et retourne dans le camp.

Le temps passe. Les jours se succèdent. Je tente de mener ma petite enquête pour savoir comment font ces agents de renseignements bonobos pour atteindre le village. Je fais l'effort de rester discret pour ne pas éveiller les soupçons, mais cela s'avère périlleux. Je décide de prendre mon temps afin de me concocter un bon meilleur plan que les précédents.

La vie continue. Parfois, j'assiste en spectateur aux entraînements publics, comme la plupart des non-enrôlés. Ils s'enchaînent les uns après les autres dans un rythme soutenu. Ils durent environ deux heures et se terminent toujours par le même dernier exercice que les guerriers-bonobos appellent : « La leçon ».

C'est une sorte de parcours du combattant mettant en compétition deux équipes. Il commence par le déplacement de grosses pierres d'un point à un autre et se termine par des sauts dans les arbres en passant par la traversée d'un marécage boueux tout en transportant un collègue supposé blessé ou mort sur le dos.

À l'issue de cette épreuve, le dernier de chaque équipe est consigné. Leur mission consiste à parcourir la forêt à la recherche de fruits pour tous les singes de la communauté.

L'entraînement du jour se termine et les sanctionnés sont connus. Sans attendre, ils s'enfoncent dans la forêt. Ils ont chacun une corbeille accrochée à la patte avant droit et ils avancent debout sur leurs pattes arrière. Je suis surpris de voir les bonobos avec des paniers. En me renseignant, j'apprends qu'ils les ont subtilisés aux humains.

Quelques heures après leur départ, presque en milieu de journée, une violente pluie se déchaine et oblige tout le monde à rester dans son logis. Lorsqu'elle se termine, il est tard pour aller chercher de quoi se nourrir. Du coup, tout le monde attend l'arrivée des deux consignés du jour avec les juteux fruits de la forêt.

Subitement, les bonobos se mettent à sauter de joie. Ils ont aperçu l'un des punis. Il est seul et sans la corbeille. Il semble supporter quelque chose sur son dos.

Du gibier ?

Quand il est près de nous, nous constatons qu'il porte son compère sur le dos et qu'ils sont tous les deux recouverts de sang. Nous courons vers eux et portons celui qui ne peut plus marcher. Il est à l'agonie. Nous l'amenons directement chez le chef, car il a des dons de guérison. Malheureusement, il n'est pas là. Au moment où l'on va le chercher, le malade rend l'âme.

L'autre bonobo a du mal à marcher. Quelques frères de camp le soutiennent jusque dans son logis.

Quelques minutes plus tard, le chef revient et découvre la situation. Il rassemble tout le monde. Son adjoint est avec lui.

- Le moment est grave et le silence qui règne en témoigne, dit-il.

Puis, son lieutenant l'interrompt et lui chuchote quelque chose à l'oreille. Le chef abandonne précipitamment la foule et s'en va. Son second nous invite à attendre le retour du patron.

Puis, il réapparait, marchant doucement. Il porte dans ses bras le corps meurtri du deuxième consigné du jour. Le calme s'installe. Le seul bruit qui se laisse encore entendre est celui de ses pas posés délicatement sur l'herbe.

Il arrive devant nous, pose le corps sur le sol et s'immobilise quelques instants tout en soutenant la foule de son regard furieux et nerveux.

Soudain, le sous-chef rompt le silence et pousse un grand cri. L'assistance répond, comme un seul bonobo, avec un hurlement identique. Je sens le camp vibrer et l'écho des cris s'entendre au loin. Après trois répétitions du même vacarme, le chef lève la main droite pour réclamer l'attention de son peuple.

- Les humains ont encore tué deux des nôtres. Ça suffit maintenant ! Nous devons réagir. Nous allons les détruire, tous, sans exception. Dès demain, nous entamerons les préparatifs pour la dernière bataille, la finale. Je compte sur vous tous. Préparez-vous bien. Il en va de la survie de notre espèce.

Après ces mots, le lieutenant pousse à nouveau les cris de ralliement. L'assistance répond avec des cris encore plus forts et vigoureux. Puis chacun retourne dans son logis, sauf moi.

Sans savoir pourquoi, je reste planté là, sur place, pendant plusieurs minutes. Je suis perturbé par les déclarations du chef. Elles ont réveillé mon côté humain. Les gens avec qui j'ai vécu pendant plusieurs années vont être attaqués, traqués, voire décimés, y compris Tamila.

Je n'aime pas la tournure que prennent les choses. Je ne peux pas rester sans rien faire sinon, c'est toute une espèce, voire deux, qui seront rayées de cette terre.

Je réfléchis rapidement aux différentes possibilités de résolution de ce problème, mais rien d'évident ne me vient à l'esprit, sauf à me renseigner discrètement auprès de l'un des membres du groupe des cinq bonobos-espions.

Non. Étant des espions, ils découvriront très vite mes intentions et cela peut être fatal pour moi. Il faut que je trouve un autre moyen.

Je concocte un plan.

Je vais les surveiller quelques jours pour savoir ce qu'ils font réellement. Ensuite, je n'aurais plus qu'à les suivre jusqu'au village. J'espère que mon plan va bien fonctionner.

Je laisse passer deux jours et le mets à exécution.

Je guette les faits et gestes des cinq agents secrets afin d'avoir le maximum d'information sur leur mission. Ils partent environ deux fois par semaine. Ces jours semblent choisis aléatoirement. Ils y vont à deux, parfois à trois. Dans le groupe, une personne au moins a accompli la dernière mission. Ils quittent le camp de bonne heure, l'un après l'autre, à intervalles non réguliers et toujours avant six heures. Je trouve cette organisation très sophistiquée, mais je ne m'avoue pas vaincu.

Je dois sauver Tamila. Pour cela, je dois surtout faire appel à la part d'intelligence humaine qu'il me reste.

Une nouvelle idée me vient à l'esprit pour améliorer et compléter mon plan initial. Il s'agit d'abord de trouver un deuxième abri afin de vivre de façon alternée, pendant une semaine, dans l'un ou l'autre des logis sans éveiller des soupçons. Ensuite, je m'absenterai pour suivre discrètement les espions qui me conduiront, sans le savoir, chez les humains.

Je mets la nouvelle version de mon plan en œuvre. Au matin du sixième jour, tout se déroule comme prévu.

Le chef convoque tout le monde de bonne heure pour une information. Je suis parmi les premiers arrivants et me retrouve aux premières loges.

- Si je vous ai réunis ce matin, déclare le chef, c'est pour vous annoncer que nous allons, dès ce soir, mettre en place des gardes pour surveiller notre camp. Il semblerait que les humains préparent, eux aussi, une attaque contre nous.

Cette annonce sonne comme un coup de massue sur ma tête. Elle vient contrecarrer mon plan. Je passe toute la journée à réfléchir à une solution, mais je ne trouve rien d'intéressant.

La nuit arrive. Je décide d'aller là où le destin m'entraîne. Je quitte mon logis habituel et me dirige vers mon second lieu de vie. Dans la cour, j'aperçois deux bonobos.

Zut !

Les gardiens les repèrent et vont à leur rencontre, laissant libre la sortie située à l'est du camp. Je bifurque et sors par cette voie.

Parfois, il vaut mieux faire sans plan.

Je fonce dans la forêt. La lune est au rendez-vous. Quelques mètres plus loin, je m'assure que personne ne me suit. Je grimpe dans un grand arbre et m'y installe. C'est sans doute le meilleur endroit pour ne pas rater le passage de la bande d'espions. Je garde l'œil bien ouvert.

Vers le milieu de la nuit, je repère une silhouette au loin. Quand elle passe près de moi, je constate que c'est bien l'un des membres du groupe des cinq. Quelques minutes plus tard, un deuxième bonobo-espion arrive et s'arrête au pied de l'arbre.

J'espère qu'il ne m'a pas vu.

Au même moment, un oiseau s'envole de l'arbre en caquetant. Le singe lève la tête. Étant assis sur une grosse branche, il ne peut me voir. Néanmoins, il entame une montée dans la plante ligneuse. Mon cœur se met à battre, de plus en plus fort.

Arrivé à mi-hauteur, le troisième espion arrive et l'interpelle. Il le rejoint et ils empruntent le même chemin que le précédent. J'attends quelques minutes, le temps que ma respiration revienne à la normale. Je descends de l'arbre et me cache derrière un bosquet pour surveiller mes nouveaux guides. Ils s'éloignent tandis que le jour se lève.

Lorsque la distance qui nous sépare est suffisamment importante pour qu'ils ne puissent pas me repérer, je sors de ma cachette et me mets à leur poursuite.

Après plusieurs heures de marche, j'entends un bruit. C'est un ronflement progressif. Je m'arrête, me mets sur mes pattes arrière, lève la tête et tends l'oreille. Le bruit devient de plus en plus important.

Brusquement, un troupeau de phacochères surgit de nulle part et fonce à toute allure. Je réalise vite que je ne peux rien faire seul contre eux. Ils sont trop nombreux. Je serai réduit en miettes dans la seconde qui suit. Je prends conscience du danger et détale de toutes mes forces, aussi rapidement que je le peux, dans la direction opposée.

Je m'efforce, malgré le risque, d'identifier les endroits par lesquels je passe, afin de pouvoir revenir dans le camp si tant est que je parvienne à m'en sortir vivant.

Au bout de plusieurs minutes de course sans relâche, je me rends compte que je suis seul.

Mes poursuivants ont-ils été semés ?

En regardant tout autour de moi, je vois que je suis sur le flanc d'une colline, presque à mi-hauteur.

Je ne me sentirai en sécurité que là-haut. Ici, rien ne m'assure qu'ils ne sont pas cachés quelque part, en train de me guetter.

Je poursuis la montée tout en surveillant mes arrières. J'arrive enfin au sommet. Je cherche les phacochères. Ils sont loin. Ils ont contourné la montagne et continuent leur voyage dans la forêt.

Je tente de trouver les traces des cinq espions. J'ai beau regarder partout, je ne les vois nulle part. Il n'y a que des montagnes qui s'étendent à perte de vue et parfois se cachent dans le brouillard, plus intense que d'habitude ce matin.

Quelle poisse ! Je ne m'en sortirai jamais.

Je m'affale sur l'herbe et pleure à chaudes larmes. Comme je n'ai pas fermé l'œil de la nuit, un sommeil profond me saisit.

Au réveil, en milieu de matinée, il fait beau et le ciel est bleu. Je me lève pour chercher quelques feuilles à manger avant de retourner sur le campement.

Mon regard repère, dans une vallée lointaine, un grand terrain jouxtant plusieurs maisons d'habitation disposées en quinconce. Je reconnais le village. Une joie intense me saisit instantanément.

Gagné ! Gagné ! J'ai trouvé ! J'ai trouvé le village !

Je regarde tout autour de moi. Il n'y a personne pour jubiler avec moi.

Tamila ! Tamila ! Je suis là ! J'arrive, ma chérie !

Puis, je me souviens que je ne suis plus humain. Ma joie s'estompe.

Même si Tamila entendait ma voix et venait à ma rencontre, elle ne pourrait pas me reconnaître. Je dois d'abord retrouver mon aspect humain. Pour cela, il me faut l'antidote.

L'antidote

L'euphorie qui m'a envahi met du temps à se dissiper. Moi qui avais perdu tout espoir de retrouver le village, voici que mes pieds me mènent à lui par le plus grand des hasards.

C'est bien le signe que je ne dois jamais renoncer. Mon histoire avec Tamila ne fait que commencer et elle doit exister. Tout n'est pas perdu. Je dois garder la tête froide, car retrouver le village est une chose, mais y pénétrer et chercher l'antidote en étant emprisonné dans un corps de bonobo est loin d'être une mince affaire.

J'arrive presque à la lisière de la forêt et me concentre sur le premier obstacle : la traversée du terrain périphérique.

Quelle ironie ! Si j'avais su qu'un jour j'allais me retrouver dans la peau d'un bonobo, j'aurais montré moins d'entrain quand le roi a demandé de défricher les alentours du village pour nous protéger des animaux sauvages et autres intrus indésirables. Ce qui est sûr, c'est que cette méthode a bien fait ses preuves lorsque j'y étais encore, à quelques exceptions près.

Je scrute les larges étendues. Mon regard se fixe sur le puits situé dans la partie nord. C'est dans celui-ci que nous allions puiser l'eau. Je souris en me remémorant la fois où j'ai failli tomber dedans.

Le seau était devenu très lourd à cause de son chargement. Je l'avais rempli à ras bord pour minimiser les allers-retours. Étant peu sportif et gringalet, j'étais exténué par cette tâche. Elle m'épuisait vraiment et toute distance à parcourir en moins était la bienvenue. Tant bien que mal, j'avais réussi à remonter mon seau jusqu'à ma hauteur, à l'aide de la manivelle. Pressé d'en finir avec cette corvée, j'avais lâché celle-ci pour empoigner le seau. Son poids m'avait fait basculer en avant. Sans réfléchir, j'avais attrapé sa poignée plutôt que de ruiner mon travail si fastidieux. Résultat, je m'étais retrouvé plaqué sur le bord, la tête au-dessus du trou béant.

Assis sur un rocher à quelques mètres de là, Lucas assistait à la scène.

- Mamba, ça va ?

- Tout va bien. Ne t'inquiète pas ! Je maîtrise...

- Fais attention ! La précipitation est toujours mauvaise conseillère, frérot !

- Tu as beau jeu de me donner des conseils. En attendant, c'est moi qui peine à puiser l'eau et qui ai enchaîné une dizaine d'allers-retours. Je n'ai que faire de tes suggestions, monsieur « Y'a qu'à faut qu'on ». Ma méthode a fait ses preuves depuis longtemps déjà. Laisse faire l'expert et observe !

À peine avais-je terminé ma phrase, que je poussais un cri de détresse.

Pressentant la catastrophe, Lucas avait pris les devants et s'était approché de moi, si bien qu'il n'avait plus eu qu'à plonger pour m'agripper au niveau de mon pantalon et me tirer vers lui. J'avais hurlé, tellement fort que je m'étonnais que personne ne m'eût entendu au village. Je ne sais pas par quel miracle, Lucas avait réussi à me ramener sur la terre ferme.

Une fois le danger derrière nous et les émotions dissipées, nous avions été pris d'un fou rire lorsque nous avions constaté que j'avais failli perdre mon pantalon dans la bataille. La taille de celui-ci se situait au niveau de mes genoux, laissant apparaître mon petit caleçon troué.

Pris par la honte, je lui avais fait jurer de ne jamais raconter cette mésaventure, ce qu'il avait accepté. Néanmoins, cela ne l'empêchait pas de me lancer un regard moqueur chaque fois que nous passions devant le puits ou que nous allions puiser de l'eau.

Cela dit, cet épisode m'avait servi de leçon.

Mon regard est attiré par une silhouette qui se déplace au loin. De ma position, il m'est impossible de dire de qui il s'agit. Qu'importe, je fixe cette forme qui se meut jusqu'à ce qu'elle disparaisse derrière une maison.

Je pense que c'est un gardien.

Je grimpe dans un arbre pour mieux observer et analyser la situation. La vue qui s'offre à moi est magnifique. C'est la première fois que je vois mon village sous cet angle. La couleur grisâtre des maisons contraste avec le vert foncé de la forêt qui le surplombe. À leur jonction, un riche dégradé de verts, s'accentuant vers le jaune au fur et à mesure que l'on se rapproche des habitations, se dessine sous mes yeux. Le spectacle est merveilleux et me fait oublier, quelques instants, ma mission première.

Je reprends ma concentration et me dis que j'aurai tout le loisir de rêver plus tard.

Mon regard balaie le paysage de gauche à droite et de droite à gauche, tel un radar qui scanne la moindre aspérité du relief. Je veux garder en mémoire tous les détails : de l'emplacement des allées à celui des maisons et des postes d'observation.

C'est un vrai casse-tête ! Je ne sais pas encore comment je vais m'y prendre, mais ce qui est sûr, c'est que je devrais tenter l'approche une fois la nuit tombée. À ce moment-là, tout le village sera plongé dans un profond sommeil. Je me faufilerai sans me faire remarquer par les personnes qui montent la garde. Côté camouflage, je suis pourvu : mon pelage sombre me fera passer inaperçu. Je crois que c'est bien le seul avantage de ma nouvelle apparence.

Je suis toutefois inquiet, car avant mon départ pour le rite, le nouveau responsable de la sécurité envisageait de piéger le terrain périphérique. Il voulait aussi remplacer la garde, jusque-là assurée par des villageois flanqués de gourdins, par un dispositif plus professionnel de sentinelles armées.

Je suis quasiment certain qu'il a mis son projet à exécution. Il va donc falloir que je sois vraiment très attentif et ingénieux si je ne veux pas être pris. De toute façon, je n'ai pas d'autre choix que de tenter la traversée, si je veux reprendre le cours normal de ma vie. Sur ce coup-là, je n'ai pas le choix. Je dois m'en remettre à la chance.

Mon cerveau bouillonne, à l'affût de la meilleure stratégie pour atteindre le cœur du village. Je tourne l'équation dans tous les sens, je ne trouve pas de nouvelles idées. Au fond de moi, je sais bien que mon plan est bancal. Il y a de fortes chances que les gardiens m'aperçoivent dès que j'entamerai ma progression. Plus je réfléchis, plus je doute.

Non, c'est vraiment stupide. Je dois me rendre à l'évidence. Je finirai soit attrapé par un piège, soit tué par les sentinelles.

Résigné, je jette un dernier regard vers le village. Je rêve des moments durant lesquels Tamila et moi passions des heures à discuter de mille choses. Nous avions pour habitude de nous assoir non loin de la placette du village, qui en était le centre névralgique. C'est d'ailleurs à cet endroit que se tenait le marché du dimanche. Chacun était libre d'amener le fruit de son travail pour le vendre. Il n'était pas rare d'y rencontrer des personnes des contrées voisines. C'était le bon vieux temps.

Tout cela est tellement loin maintenant.

Je sens le chagrin monter en moi.

Je descends de l'arbre et m'enfonce dans la forêt. Chaque pas que je fais m'éloigne du village et me brise un peu plus le cœur. Je pense à tout ce que j'abandonne derrière moi : Tamila, Lucas, mes amis…

Je ne connaîtrai jamais la vie que j'avais imaginée aux côtés de ma bien-aimée.

Je pleure toutes les larmes de mon corps.

La vie est tellement injuste et cruelle !

Puis, je me souviens des paroles de maître Tierno. Il nous disait qu'il ne faut jamais renoncer et que la solution se trouve toujours à notre portée. Mais que pour y arriver, il faut ouvrir les yeux, persévérer et surtout y croire.

J'ai longtemps trouvé ces paroles sensées et me suis toujours contraint à aller jusqu'au bout des choses. Mais là, je suis persuadé qu'il serait lui-même dans une impasse pour résoudre mon problème.

La nuit tombe déjà sur la forêt. Je cherche un abri dans un arbre.

C'est décidé. Demain, je retourne chez les bonobos. Ma vie est avec eux, maintenant.

Je passe un moment très difficile ; non pas parce que je suis mal installé, mais parce que mon esprit n'arrête pas de vagabonder.

Les images de Tamila ne cessent de se bousculer dans ma tête. Je vois son merveilleux visage s'illuminer. J'entends sa tendre voix. Je sens la douceur de ses mains que je tiens dans les miennes…

Pour retrouver un semblant de calme intérieur, je ferme les yeux et me mets à respirer profondément. Au bout d'une dizaine d'inspirations et expirations, je me sens plus calme.

Non ! Ce n'est pas possible ! Je ne peux pas renoncer ! Il faut que j'aille au bout de cette merveilleuse histoire, même si je dois y laisser ma vie.

Tamila a renoncé à tous ses prétendants pour moi, un garçon pauvre, orphelin, insignifiant. Je n'ai rien à lui offrir si ce n'est mon amour.

Malgré tout, elle m'a choisi. Et si c'était un signe ?

Si les esprits ont permis cela, c'est peut-être la preuve que nous devions construire quelque chose de grandiose ensemble et que notre histoire ne peut pas se terminer ainsi !

La nuit passe. Le matin, je reviens sur mes pas et regagne mon poste d'observation au sommet de l'arbre pour peaufiner mon plan, déterminé à passer à l'action.

Je me concentre sur mon parcours. Mon premier objectif sera d'atteindre le puits, situé presque à mi-distance. J'espère pouvoir y souffler et surtout mieux observer les allées et venues des sentinelles. De là, je pourrai décider, soit d'avancer si je sens que j'ai toutes mes chances, soit de reculer si la situation est trop critique.

Mon plan étant prêt, je n'ai plus qu'à attendre l'instant fatidique.

La nuit tombe. J'attends encore quelques heures. Puis, les lampes qui éclairent les foyers commencent à s'éteindre une à une.

Maintenant, l'obscurité et le calme enveloppent le village.

Le moment est venu.

De mon observatoire, je ne distingue plus que la lueur des torches des gardiens qui ont pris leurs postes. Deux à deux, ils progressent dans les allées qui encerclent le village.

Le dispositif de surveillance n'a apparemment pas changé. Je dois être chanceux.

Cela me met en confiance. Je descends de l'arbre avec précaution et me dirige vers le terrain.

Je progresse à allure modérée, en essayant de me tapir le plus possible à terre, comme pour confondre mon corps au sol. Mes yeux restent fixés sur mon objectif et sur les gardiens, qui marchent à rythme constant.

Armés de machettes et de gourdins, ils semblent engagés dans une grande conversation, à en croire les mouvements amples de leurs bras et leur façon irrégulière d'avancer.

Et dire que je leur faisais confiance lorsque j'étais au village. Si j'avais su qu'ils palabraient comme cela au lieu de monter la garde, je les aurais déjà remplacés. Quelles pipelettes ! Enfin ! Cette fois-ci, je ne vais pas m'en plaindre, car c'est plutôt à mon avantage.

J'arrive au début du terrain. Je devine la silhouette du puits à une vingtaine de mètres de moi. Les herbes ont poussé et m'arrivent presque aux genoux, ce qui doit bien faire une quarantaine de centimètres de haut.

C'est maintenant que les choses sérieuses commencent.

La lumière de deux torches venant de l'est se fait de plus en plus précise. Il s'agit des gardiens partis du point est. Je suis en plein dans leur visée. La lune est pleine et éclaire assez bien les lieux. Je reste immobile et attends qu'ils arrivent jusqu'au point nord. Je sais qu'une fois qu'ils auront passé ce point, ils me tourneront le dos pour se diriger vers le poste ouest. Je garde patience et les observe.

Alors qu'ils s'engagent vers le chemin escompté, l'un fait un signe à l'autre en lui demandant de s'arrêter. Puis, il avance seul en direction du puits, comme s'il avait senti ou entendu quelque chose. Je fais mon possible pour me cacher dans les herbes. Il sort sa machette de son fourreau accroché à sa taille et la tient dans sa main droite.

Il n'est plus qu'à quelques mètres du puits. Au lieu de tourner à ce niveau et de suivre le passage aménagé, l'homme continue son avancée et fonce tout droit dans ma direction.

Ça y est ! Il m'a découvert ! Qu'est-ce que je fais ? Est-ce que je me sauve en courant le plus vite possible ou est-ce que je reste là où je suis ?

Je suis terrorisé et transpire à grosses gouttes. Je ne parviens pas à me décider. Finalement, la peur m'immobilise et tranche sur mon sort. Je reste tapi dans l'herbe.

Je sens mes doigts toucher un objet dur. C'est un morceau de bois assez épais. Je le saisis et le maintiens fermement dans les mains. Les secondes me paraissent des heures.

L'homme progresse. Puis, il arme son bras. Je peux voir la lame de la machette dans laquelle la lune se reflète. Il rabat violemment le grand coutelas vers le sol. J'entends un bruit sourd.

- Je l'ai eu ! crie-t-il victorieux.

L'homme brandit un lapin sauvage ensanglanté encore frétillant avant de repartir en galopant rejoindre son compère.

Je n'ai jamais eu aussi peur de ma vie.

Les gardiens continuent leur ronde. J'attends quelques instants. Dès qu'ils sont loin, je reprends mon trajet.

Cette montée d'adrénaline m'a vraiment vidé de toute mon énergie.

À l'aide du bâton, je tâte le sol et m'engage. L'exercice est périlleux, car en même temps que je guette les rondes des vigiles, je vérifie bien là où je pose le pied, pour ne pas finir coincé dans un piège.

Au bout d'une vingtaine de minutes, j'atteins enfin le puits. Je marque une courte pause pour observer le reste du parcours.

En continuant en ligne droite, je pourrais atteindre les bosquets à l'orée du village. Elles m'offriront une bonne cachette.

Je suis mon tracé. La chance semble de mon côté. Je ne croise aucun piège.

Ça en devient presque trop facile !

Brusquement, un traquenard se referme sur l'extrémité de mon bâton. Le bruit aigu du fer rouillé me fait bondir. Je lâche la tige et file me cacher derrière le puits.

Quelques instants après, je lève légèrement la tête et balaie la zone du regard ; personne à l'horizon.

Je me remets en piste et chemine à pas de loup.

Un « crac » se fait entendre lorsque je pose ma patte arrière droite au sol. Je m'immobilise et sens une sueur froide sillonner mon dos. Mais, je me concentre sur l'objet inconnu. J'ai la sensation d'être entré en contact avec une masse dure.

Malheur ! Je crois bien que je viens de piétiner une mine !

Je comprends finalement pourquoi les gardiens ne sont pas plus attentifs que cela. Ils savent pertinemment qu'il est impossible de traverser cette portion de terrain sans rencontrer un explosif.

Que faire ? Je ne peux pas lever ma patte et je ne peux pas non plus attendre d'être repéré.

Je creuse délicatement la terre autour de la bombe avec mes doigts. Je la pousse sur le côté. Elle est mêlée à des débris de terre cuite qui semblent provenir d'une vieille cruche cassée.

Une fois le tour de ma patte dégagé, je passe délicatement l'index droit en dessous pour tâter l'engin tant redouté.

Son bord est saillant, ce qui m'étonne fortement, car d'après ce que nous disait maître Tierno, le pourtour des mines est généralement lisse.

Circonspect, je réalise la même manœuvre avec l'autre main. Le contour est semblable, mais très irrégulier. Je continue de palper l'objet craint et de creuser le reste de terre qui m'en sépare.

Ce n'est pas une mine ça. Sûr, c'est soit du verre, soit de la terre cuite !

Loin d'être rassuré à cent pour cent, j'effectue un bond en arrière, prenant soin de bien rester sur ma trajectoire d'arrivée, pour ne pas risquer de tomber dans un autre piège. Heureusement, rien ne se passe. En voyant l'objet inconnu, je me sens ridicule.

Mon cœur a failli exploser à cause de toi, calebasse !

Je retrouve l'endroit où j'avais lâché mon bâton. Je le récupère et poursuis mon chemin. Au bout de quelques mètres, j'entends les sifflements d'une autre équipe de surveillance qui s'approche. Cette fois-ci, il n'y a plus d'obstacle qui puisse me cacher. Je me mets face contre terre et me fais le plus petit possible.

Les gardiens passent à côté de moi sans me voir. Dès qu'ils ont le dos tourné, je me lève et accélère. Mais je suis stoppé net dans mon élan par un attroupement d'hommes. Ils sont une vingtaine. Ils sont installés sur des bancs à une quinzaine de mètres de moi. Je ne peux pas dire s'ils sont tous éveillés ou si certains dorment. Je devine qu'ils assureront la relève de ceux qui exécutent la ronde.

Quelle poisse ! J'étais loin de me douter qu'ils avaient installé la relève sur cette partie du village. Il va falloir que je sois bien futé pour les éviter.

C'est là que je me souviens de mon enfance, à l'époque où j'étais scout et où l'on jouait aux jeux de bataille. Discrètement, j'arrache quelques herbes et ramasse des branchages qui jonchent le sol. Je m'engage dans la fabrication d'un camouflage, à la façon d'un parapluie.

Le vent qui souffle de temps à autre couvre les petits craquements que je produis en confectionnant ma cachette mobile. Je prévois des orifices pour pouvoir surveiller autour de moi.

J'observe les mouvements des gardiens. Certains s'en vont et d'autres reviennent, en petit nombre. Je me mets sur le ventre et me couvre avec ma carapace de fortune. Je rampe à la vitesse de la tortue. Finalement, j'atteins le bosquet à l'entrée du village, sans me faire repérer.

Je dois trouver une meilleure cachette au plus vite.

J'aperçois un tas de bois qui ferait parfaitement l'affaire. Il est assez grand pour que je m'y dissimule sans problème et assez central pour que je puisse aller et venir tout en gardant un œil sur les vigiles.

Je regarde à gauche, puis à droite. La voie semble libre. J'avance sur une dizaine de mètres, me rapetisse comme je le peux et me faufile sous les rondins de bois.

Je crois bien que j'ai fait le plus dur.

La tension qui m'accompagne depuis le début de mon épopée s'amenuise. Pour autant, je reste vigilant. Je surveille les allées et venues, en attendant que la nuit soit bien avancée pour commencer la fouille des maisons des sorciers.

Je m'attendais à passer un moment serein, mais voici qu'une voiture de type « Pick up » pénètre dans le village. Elle freine à quelques mètres du tas de bois, effectue une marche arrière et se positionne juste devant.

Les portières s'ouvrent et quatre hommes baraqués descendent du véhicule. L'un d'entre eux, le chauffeur, va à l'arrière, allume ses projeteurs et les oriente vers le tas de bois. Il donne ensuite l'ordre aux trois autres de charger les rondins dans la camionnette.

Mince ! je n'ai vraiment pas de chance ! Depuis quand le bois est-il ramassé en pleine nuit dans ce village ? À croire qu'ils ont senti que j'étais là. Bouger serait suicidaire !

Heureusement, je m'étais faufilé tout en bas, si bien que je n'ai qu'à me tapir au sol et retenir mon souffle.

À un rythme soutenu, les hommes chargent les buches les unes après les autres. La camionnette se remplit peu à peu. Sa taille est telle que j'estime, à vue d'œil, qu'elle pourrait contenir le tas entier. La situation est plus qu'inconfortable. J'imagine le moment où je serai à découvert.

Serait-il plus prudent de fuir ? Ou d'affronter les hommes en bondissant sur eux par surprise ?

J'ai conscience que les deux options auront pour issue l'affrontement. Et je ne me sens pas de taille.

Papa ! Maman ! Là, j'ai vraiment besoin de votre aide. Faites que ces hommes arrêtent de charger le bois, car s'ils me découvrent, je ne m'en sortirai pas !

Quelques minutes plus tard, le chauffeur demande à ses hommes de stopper le chargement et de finir de remplir la camionnette avec les sacs de maïs frais juxtaposés au tas de bois. Ils s'exécutent. L'un passe juste à côté de moi, sans me remarquer. Il me tourne le dos.

J'espère qu'il ne trébuchera pas en arrière, au risque de tomber sur moi.

À plusieurs reprises, il heurte le bout d'un rondin qui me sépare de lui.

Arrive finalement ce qui doit arriver !

Alors qu'il se retourne avec le dernier sac sur l'épaule, il bute contre la buche, faisant tomber sa charge sur les billes. Elles dégringolent et me laissent en partie à découvert.

- Fais attention ! crie le chauffeur. Tu vas nous retarder ! Allez-vous-autres ! Aidez-le à ranger ce bazar !

Les deux autres s'activent. Ils ramassent les rondins de bois et les lancent de façon anarchique pour reconstituer le tas. Un projectile atterrit sur ma jambe droite, provoquant une douleur intense. Je ravale ma souffrance.

Le conducteur somme ses hommes de grimper dans le véhicule rempli à ras bord qui démarre et s'éloigne.

Les alentours sont enfin calmes. Je suis soulagé. Je me dis que mon pelage sombre a certainement contribué à me maintenir invisible dans l'obscurité.

Toutefois, j'ai peur qu'ils reviennent prendre le reste de bois. Je décide de quitter cette cachette, qui s'avère beaucoup trop dangereuse.

Je dois d'abord aller chez moi récupérer mon produit anesthésiant. Grâce à lui, il me sera plus facile de neutraliser ceux qui vivent chez les guérisseurs avant d'agir.

Avec la plus grande précaution, je sors de ma cachette et pénètre dans le village. Je progresse sur mes deux jambes arrière afin de ressembler à un humain dans la pénombre. Je longe une première rangée de maisons.

Mes narines sont chatouillées par l'odeur d'un mets savamment épicé, que j'affectionne particulièrement. Je reconnais le parfum du ragoût. Ma mère avait coutume de préparer ce plat lors d'évènements particuliers ou lorsqu'elle voulait me faire plaisir.

Je ne résiste pas à l'envie de jeter un coup d'œil dans cette maison, d'où s'échappe cette senteur délicieuse. Je m'arrête un instant, mais renonce à cette idée folle, de peur d'être vu.

Je ne dois pas m'écarter de mon objectif.

Je continue mon chemin et traverse ainsi le village, d'allée en allée et de maison en maison, pour atteindre la mienne. J'arrive enfin devant l'entrée de notre concession, qui fût mon nid protecteur.

J'imagine que ma douce mère m'attend devant sa case, à bras ouverts après ce long moment de séparation. Je rêve de voir mon père devant la sienne, assis dans son fauteuil oscillant, se reposant de sa longue journée de labeur. Je devine la maison embaumant l'odeur délicieuse des plats que concoctait ma mère. Les souvenirs de mon enfance jaillissent de façon anarchique et m'envahissent.

Je souhaiterais tellement que ce moment soit vrai. La réalité me rattrape.

Je vais dans la case de Maman. Je pousse la porte. Fragilisée, elle ne manque pas de sortir de ses gonds, produisant un grincement aigu. La chaleur tant rêvée n'est pas au rendez-vous. L'intérieur est désespérément vide de vie. La lune laisse deviner les formes des objets les plus imposants. Je sens l'air poussiéreux, qui témoigne qu'elle est restée inhabitée pendant un long moment.

Je traverse la cour. Papa n'est pas là, sa chaise non plus. J'entre dans sa case, c'est le même spectacle de désolation. Cela me fend le cœur. Force est de constater que ma famille a été oubliée dès le jour où j'ai quitté le village. Aucun de mes amis n'a veillé sur le seul bien que mes pauvres parents m'ont légué ; alors que j'aurais tout donné pour eux, pour Lucas, pour Tamila. Ils n'ont même pas fait l'effort de prendre soin de ce qui m'appartient au nom de notre amitié ou de notre amour.

Je vais dans ma chambre. Je constate qu'elle est pratiquement dans la même configuration que lorsque j'y ai passé mon dernier sommeil. La chaise sur laquelle Lucas était assis est toujours au même endroit.

Je ratisse partout où je crois avoir rangé l'anesthésiant, mais je ne le vois nulle part.

Comment est-ce possible ? Quelqu'un a certainement dû fouiller la maison durant mon absence.

J'examine les moindres recoins. Un amas de débris dans un angle attire mon attention. Je m'approche de celui-ci et le balaie de la patte droite. Je reconnais les restes de l'emballage du produit anesthésique. Je me baisse et fouille le tas de mes mains, espérant pouvoir sauver ce qui peut l'être. Dieu merci ! Le produit est là et semble intact. Je le teste pour m'en assurer.

Pas de temps à perdre.

J'attrape une besace, l'enfile sur mon épaule, y glisse ma trouvaille précieuse et me mets en route vers la maison du premier guérisseur. De la même manière, j'avance à pas de loup, de maison en maison, de buisson en buisson, jusqu'à destination.

La maison est calme. J'identifie rapidement la case de l'homme. Il y a quelques chaises installées sur la devanture. Pour ne courir aucun risque, je grimpe sur le toit et pulvérise le produit par le conduit d'aération, qui sert également à l'évacuation de la fumée.

En attendant qu'il fasse son effet et se dissipe assez pour que je ne sois pas moi-même incommodé, je fais un tour chez sa femme et en pulvérise aussi. Je veux éviter qu'un des occupants se retrouve en position d'alerter le voisinage.

Je reviens quelques minutes après et escalade le mur jusqu'au toit. Je m'introduis dans le conduit encore tiède, en veillant à faire le moins de bruit possible. Lentement, j'entame ma descente. Arrivé au bout, je prends garde à ne pas piétiner les braises qui éclairent la pièce et au-dessus desquelles une marmite est toujours posée. Je suis rempli d'appréhension.

C'est la première fois que j'entre chez un guérisseur. Je sais bien qu'il s'est noyé, mais je ne sais vraiment pas à quoi m'attendre.

J'ai toujours cru qu'en pénétrant dans ce type de maison sans y être invité, on se ferait foudroyer sur place. Or, il me semble être toujours de ce monde ! Je me pince pour en avoir le cœur net.

Quoi qu'il en soit, vivant ou mort, je dois aller au bout de ma mission.

Je m'engage dans le séjour. La pièce est très modeste. En son centre, une table ronde entourée de quatre chaises en bois la remplit presque complètement. Une armoire, plantée dans un coin, attire ma curiosité. Je m'en approche et commence à la visiter méthodiquement, en commençant par le haut. Je passe mes mains dans les recoins que je n'arrive pas à inspecter du regard.

La première étagère ne comprend que de la vaisselle. Idem pour la seconde. Les placards du bas contiennent des marmites. Je passe ma main à l'intérieur, me disant qu'elles constitueraient une très bonne cachette. Hélas, elles sont vides.

Je sors du séjour et reviens machinalement dans la cuisine. De la même manière, je fouille les armoires, mais ne trouve rien qui pourrait ressembler à un antidote. Je décide de me risquer dans les chambres.

Vu que je suis sur place, il serait dommage de ne pas examiner la maison de fond en comble.

Je pousse une première porte entrebâillée. Elle grince légèrement.

Je sais bien que l'anesthésiant perdra ses effets au bout de deux heures.

Malgré tout, je patiente quelques secondes avant d'y exercer suffisamment de pression pour que je puisse entrer.

Deux lits sont disposés de chaque côté de la pièce. Les garçons du guérisseur dorment paisiblement. Je contrôle les armoires situées sur le fond, retourne les habits, passe mes mains dans tous les recoins, mais je ne trouve rien qui ressemble au précieux sésame.

Je quitte la pièce et avance vers celle que je n'ai pas encore inspectée. Elle est entrouverte. Je ne peux m'empêcher de réciter une courte prière. Je n'oublie pas que je suis dans la maison d'un guérisseur et que cette dernière chambre est certainement la sienne. Toute aide du ciel est plus que bienvenue.

Avant d'entrer, je tends l'oreille. Je perçois un léger ronflement.

Le guérisseur a-t-il réussi à s'échapper des eaux ?

Sans manquer de vigilance, je pousse la porte. Une dame très âgée est plongée dans ses rêveries.

C'est peut-être sa vieille mère. Même sans somnifère, celle-là ne peut rien entendre.

La fouille du placard ne donne rien de concluant non plus. Je vérifie sous le lit. Nada ! Je retourne dans le séjour.

Avant de m'engager dans le trou d'évacuation, je soulève le couvercle de la marmite. Du ragoût mijote dans le fond. L'odeur vient caresser mes narines et me fait saliver. Je ne résiste pas et attrape quelques morceaux de viande, que je savoure gloutonnement.

Ça change des feuilles !

Puis, de la même manière que je suis entré, je quitte la maison du premier guérisseur.

J'ai fait chou blanc sur ce coup, mais je ne me laisse pas abattre. Je n'ai pas encore joué toutes mes cartes.

Je me dirige vers le domicile du second soi-disant tradipraticien.

Comme il est célibataire, je trouve plus logique que les produits soient stockés chez lui.

Une dizaine de minutes suffit pour traverser les deux pâtés de maisons qui les séparent. Je grimpe sur le toit et pulvérise le produit anesthésiant. Quelques instants plus tard, je descends dans le conduit d'aération et arrive dans le séjour. Le mobilier est constitué d'une table et d'une chaise situées en son centre, comme chez son acolyte. Je décide de m'assurer qu'il n'y a personne avant de commencer mon inspection. Je me dirige vers l'unique chambre.

Arrivé devant la porte, je tends l'oreille, mais n'entends rien. Je récite une prière et baisse lentement la poignée pour l'entrouvrir. Je passe la tête et ne trouve personne sur l'unique lit situé du côté de la fenêtre. Je fouille la pièce, mais n'y trouve rien.

Je vais à la cuisine et m'attaque à la première armoire, puis à la seconde. Je tombe sur une multitude de pots, de sachets remplis de poudre, de plantes séchées, mais pas d'antidote en vue.

Découragé, je me tiens au milieu de la pièce et la balaie des yeux une dernière fois, espérant que mon regard repère un recoin non encore exploré.

Justement, je découvre un paquet enroulé dans un tissu qui ressemble étrangement à un vieux pagne de ma mère. Je le récupère et l'ouvre. Je suis sonné par ce que je vois. Un couteau avec un manche en corne.

Mon père me l'avait offert et je devais le porter à la taille le jour de mon mariage. Il l'avait lui-même reçu de son père qui l'avait fabriqué de ses propres mains.

Je m'empresse d'en attraper le manche et d'y passer mes doigts. Mon index glisse pour s'arrêter au niveau d'une encoche.

Il s'agit bien de mon couteau ! Que fait-il dans ce placard ?

Je le range dans ma gibecière et continue ma fouille.

Je localise un pot isolé dans un angle. Je le récupère et tente de l'ouvrir sans succès. En le secouant, je constate qu'il fait un bruit étrange. Je le jette au sol. Il tombe et se brise en plusieurs morceaux, dévoilant son contenu.

Je découvre effaré le collier que j'allais passer autour du cou de Tamila le jour du mariage, en lieu et place de celui des fiançailles.

Bien que submergé par l'émotion, je l'enveloppe rapidement et le mets dans mon sac.

Mon œil repère un carton en hauteur, isolé dans un coin. Je m'en approche et parviens à lire le mot inscrit sur le côté : antidote. Je saute de joie et crie sans voix.

Enfin !

Je grimpe sur l'étagère et le saisis. Il est étonnement léger. Je l'ouvre. À ma grande déception, il est vide. Je le laisse tomber.

Ça en est trop !

Le découragement m'envahit. Je me sens complètement vidé de toute énergie. Les larmes me montent aux yeux. J'ai le sentiment que tout espoir prend fin à cet instant.

Je fais l'effort de me ressaisir. Je quitte la maison du sorcier, avec la ferme intention de retourner dans la forêt.

À peine sorti, je me mets à déambuler dans le village, sans savoir où je vais. Finalement, je me rends compte que je ne parviens pas à me résigner à le quitter.

Je décide de continuer à m'y cacher pour me laisser le temps de réfléchir et de prendre la bonne décision.

J'emprunte le chemin du cimetière qui se trouve à deux pas.

Au moins là, personne ne viendra me chercher.

Petit, j'ai toujours eu peur d'y pénétrer, redoutant d'y croiser les âmes des personnes en colère qui refusaient de quitter la terre.

Tout a changé lorsque mes parents sont décédés. Il était devenu vital pour moi de m'y rendre pour me recueillir sur leurs tombes, chaque jour.

Je m'arrête quelques minutes devant leurs sépultures avant de me réfugier dans un coin isolé, pour y passer le reste de la nuit.

Malgré la fatigue, je n'arrive pas à dormir. Je me demande ce que je vais devenir. Je ne sais pas ce que je dois faire.

Si je reste au village, je serai condamné à me cacher et vivrai dans la crainte d'être découvert et mis à mort par les habitants. Si je pars, je dis adieu à Tamila et à Lucas.

Le moment est crucial.

L'idée me vient d'aller chez Tamila. Nous étions tellement amoureux que je me dis qu'elle pourrait peut-être me reconnaître malgré mon apparence. Son esprit vif et plein de bon sens nous dictera sûrement ce que nous devons faire pour me sortir de l'impasse. Je me remets en route et traverse le village profondément endormi. Il commence à faire froid.

J'arrive chez Tamila. Mon cœur palpite à l'idée de la revoir. Je redoute sa réaction lorsqu'elle verra l'enveloppe dans laquelle je suis emprisonné.

Me reconnaîtra-t-elle ? Pourra-t-on communiquer ?

Je l'imagine, devant moi, me regardant et fondant en larmes avant de me prendre dans ses bras.

Je suis tellement impatient de lui raconter ma mésaventure. Pour éviter que ses occupants ne se réveillent, je grimpe sur leur toit et mets en place le même procédé pour répandre l'anesthésiant dans la maison.

En deux temps et trois mouvements, je suis à l'intérieur. Avec précaution, je pousse les portes une à une.

Ma première tentative me mène dans la chambre de ses parents, profondément endormis. La seconde m'entraîne dans la chambre de ses frères et sœurs. Ils sont regroupés au même endroit. Je me dis que c'est pour laisser la dernière à leur sœur, sur le point de se marier, comme le veut la coutume.

Je fonce vers la troisième chambre. Je pousse la porte, puis hésite un instant. C'est la première fois que je vais y entrer. Je franchis le seuil.

Mes yeux cherchent la silhouette de ma bien-aimée. La pièce semble inhabitée, probablement depuis un moment déjà. Le lit défait est posé dans un coin, surmonté de gros paquets. Je m'en approche et plonge mes mains dans les sacs. Il n'y a que des livres. J'ouvre les cartons. Ils contiennent les habits de Tamila. Je me décale sur la droite et tire la porte du placard. Seuls quelques cintres y sont suspendus. Je me sens complètement perdu.

Mais que s'est-il passé durant mon absence ? Pourquoi Tamila n'est-elle pas là ? Surtout au milieu de la nuit ? Lui est-il arrivé quelque chose ? S'est-elle remariée ?

Je n'arrive pas à y croire. Nous nous aimions d'un amour tellement vrai et sincère que j'étais persuadé qu'elle m'aurait attendu, quoi qu'il arrive.

Me serais-je trompé sur elle ? Comment est-ce possible ? Je dois absolument rencontrer Lucas. C'est la seule personne qui pourra me dire ce qu'il s'est passé.

Entre fureur et désespoir, je me précipite à l'autre bout du village jusqu'à la maison de mon ami. J'escalade la barrière et entre. Encore une fois, j'utilise mon anesthésiant. Sans détour, je la traverse et me dirige droit vers la chambre de Lucas.

J'ouvre la porte et vois mon ami, allongé sur son lit, plongé dans un sommeil paisible. Je m'approche de lui sur la pointe des pieds.

Je suis heureux de voir un visage familier. Je ne peux m'empêcher de créer un contact physique en le touchant de ma main droite au niveau du bras. Alors que je le regarde, les souvenirs remplissent mon esprit et les images se bousculent dans ma tête.

Je me souviens les nombreuses fois où il avait pris ma défense face aux autres enfants du village qui se moquaient de moi parce que ma famille était pauvre et que je portais certains vieux habits de mon père, beaucoup trop grands pour moi. Pour ne rien arranger, mes piètres prouesses en sport m'avaient valu le surnom de Mamba le Malabar.

Pendant longtemps, j'en avais beaucoup souffert, mais je mettais un point d'honneur à ne jamais le laisser transparaître.

Ma plus grande hantise était que ces histoires arrivent aux oreilles de mes parents, qui s'étaient privés pour me permettre d'étudier au lieu de me cantonner aux travaux pénibles des champs ou de tissage.

Lucas et moi étions devenus tellement proches que souvent, la parole était inutile. Nous nous comprenions instinctivement.

Je me rends compte que cela fait un moment que je me tiens à son chevet et que je ne l'ai pas réveillé comme je l'avais envisagé. En réalité, j'ai peur qu'il ne se rende pas compte que c'est moi et qu'il appelle au secours.

Je dois trouver une autre solution.

Je me faufile à l'extérieur de la maison et gagne le cimetière. Mes sentiments sont partagés. Je suis heureux d'avoir pu atteindre le village et d'avoir vu Lucas, mais je suis tellement frustré de ne pas avoir mis la main sur l'antidote. Mais le pire dans l'histoire, c'est de ne pas avoir vu Tamila. Je n'aurais jamais cru qu'elle ne m'attendrait pas et qu'elle choisirait de construire sa vie sans moi.

Quelle trahison !

Finalement, c'est peut-être mieux que je ne sois pas tombé sur elle. Comment aurais-je réagi si je l'avais vue dans les bras d'un autre ? Je ne l'aurais pas supporté.

Sur le chemin, la même question tourne en boucle dans ma tête.

Pourquoi ne m'a-t-elle pas attendu ?

Quand j'arrive au cimetière, il est enfoui sous une brume épaisse. L'atmosphère y est vraiment très pesante, mais c'est le seul lieu dans lequel j'ai le moins de risque d'être débusqué.

Je m'y enfonce. Le froid me dicte de trouver un nouveau lieu de cachette. J'avance à pas de loup dans les allées, car je ne veux surtout pas risquer de piétiner les tombes de ceux qui nous ont quittés.

Mon oreille est attirée par le tintement très léger d'un objet métallique secoué par le vent, à quelques pas de moi. Je m'approche afin de m'assurer de sa provenance.

Ce que je découvre me glace le sang. Je n'en crois pas mes yeux. Je vois un collier de perles blanches qui ressemble comme deux gouttes d'eau à celui que j'avais tissé et offert à Tamila le jour où je lui avais demandé sa main. Pour qu'il soit unique, je l'avais orné d'une pierre rouge en guise de médaillon.

Je m'approche de ma trouvaille pour l'examiner de plus près. J'attrape le bijou accroché sur un petit piquet et j'aperçois la pierre rouge cachée par les herbes.

Mon souffle se coupe. Je reste là, immobile, telle une statue de sel, le bras tendu, les yeux fixés sur le joyau. Je n'arrive même plus à réfléchir. Puis, je regarde la tombe et lis le prénom qui y est écrit : Tamila.

Je m'assieds. Je ne suis plus que l'ombre de moi-même. Inconsciemment, je passe le collier autour de mon cou.

À présent, je comprends tout.

Sans prendre la moindre précaution, je me couche devant la tombe de ma dulcinée et pleure toutes les larmes de mon corps. Je finis par m'endormir, épuisé.

Quelques heures plus tard, un vacarme effroyable me tire de mon sommeil. Je me lève brusquement et constate qu'il fait jour. Je remarque que les villageois m'encerclent, presque.

Une première rangée d'hommes me fait face et du renfort arrive en courant au loin. Ils sont armés de machettes, de gourdins et d'outils de toute sorte. Ne sachant quoi faire, je me mets à reculer, mais je me rends rapidement compte que je vais être bloqué par le mur qui entoure le cimetière.

Le seul moyen de m'échapper est d'escalader cet obstacle. Mais je dois les obliger à battre en retraite afin qu'ils ne me plantent pas une lance dans le corps une fois que je leur tournerai le dos.

J'attrape de la terre, la lance au visage de belligérants les plus proches et me grandis pour les impressionner. Cela semble fonctionner, mais ne me laisse que très peu de temps pour fuir. Je fonce vers le mur et grimpe dessus.

Du haut, je constate que des villageois se sont aussi ameutés de l'autre côté, prévoyant que je fuirai par ce chemin.

Pour sauver ma peau, il n'y a pas trente-six mille solutions. Je dois aller à l'affrontement.

Pendant ce temps, une pluie de cailloux se déverse sur moi. Un projectile vient d'ailleurs me blesser au visage.

Ne pouvant plus attendre, je décide d'agir immédiatement, car plus j'hésite, plus les hommes ont le temps de s'organiser. Je fonce dans le tas et transperce la barrière humaine haineuse. Les coups continuent de pleuvoir. Un gourdin manque de me renverser et m'inflige une douleur terrible sur le flanc droit, mais je ne faiblis pas.

Je bouscule, je renverse, je télescope, je heurte tout ce qui se trouve sur mon passage, objet ou personne, pour me défendre. Je finis par franchir l'obstacle et cours aussi vite que je le peux.

Les villageois se lancent à mes trousses et me balancent des projectiles de toute sorte. Une machette parvient à me blesser aux fesses, entaillant une partie de ma boule rouge. Cela me handicape alors que le terrain piégé me tend les bras.

Sujette

Je cours, toujours plus vite, à travers les ruelles du village. C'est du moins ce que j'essaie de faire. Les hématomes et les blessures laissés par mes bourreaux me font mal et me ralentissent. La foule de villageois derrière moi croit progressivement.

J'arrive au dernier carrefour avant la place du marché. Je me souviens de l'erreur du bonobo que nous poursuivions le jour du rite. Je décide donc de passer par la droite pour ne pas me retrouver face aux bouchers et leurs redoutables armes.

Je m'engage dans une ruelle et la remonte aussi rapidement que possible. Les herbes et plus particulièrement les ronces de bois ont poussé sur les deux côtés du trottoir et débordent sur la chaussée. Leurs aiguillons pénétrants me piquent et me freinent. Je prie pour qu'elles handicapent davantage mes poursuivants.

Toutefois, la négligence de ce petit chemin me fait craindre que je sois dans un cul-de-sac. Effectivement, au bout d'environ deux cents mètres, je suis dans une impasse.

Je me retrouve dans la partie sud du terrain périphérique. Le passage que j'ai utilisé la veille est à plusieurs centaines de mètres de là. Pour le rejoindre, je serai obligé d'emprunter le petit sentier qui longe le terrain. Or, des sentinelles postées dans des miradors montent encore la garde.

Mince ! Ce nouveau responsable de la sécurité a vraiment mis son plan à exécution ici.

Je stoppe ma course et m'accorde un bref instant de réflexion.

Si je veux m'en sortir, je dois surmonter ces obstacles.

Je lance un regard furtif derrière moi. La foule est immense et crie à tue-tête. Elle brave les herbes et les ronciers. Je me tourne vers les miradors. Les gardiens arment déjà leurs fusils et se mettent en position de tir.

Que faire ? Traverser le terrain en essayant d'éviter les pièges et les balles ou affronter la foule de villageois en furie ?

Quelle que soit l'option que je choisirai, elle me conduira tout droit vers la mort.

Je suis fichu ! Les sentinelles ont l'œil dans le viseur et mes poursuivants ne sont plus qu'à un jet de pierres de moi. Qu'aurait fait maître Tierno ?

À cette question, une réponse évidente me vient à l'esprit.

En grand combattant qu'il était, il choisirait certainement d'affronter les sentinelles plutôt que de se faire lyncher par une foule survoltée.

Je prends mon courage à deux pattes et fonce à toute allure, en zigzaguant. Les fusils crépitent et les balles pleuvent. En deux temps et trois mouvements, je suis sur le terrain piégé, mais en zone connue. J'exploite les points de repère que j'avais identifiés lors de mon dernier passage et traverse la zone dangereuse sans difficulté majeure.

J'arrive à l'orée de la forêt, à bout de souffle. Mon cœur bat à mille à l'heure. Du sang s'égoutte de mon corps par endroits. Je me tourne pour vérifier la position de mes poursuivants. Ils sont restés debout de l'autre côté et pestent comme des diables. Le risque de tomber dans leurs propres pièges les a dissuadés de continuer de me pourchasser.

Les soldats, eux aussi, ont cessé de tirer. Je suis trop loin pour qu'ils puissent m'atteindre avec leurs vieux fusils.

Afin de savourer ma victoire, mais aussi pour les énerver davantage, je leur fais quelques grimaces. Je tapote ma poitrine en criant à tue-tête. Puis, je me tourne et leur montre mes fesses.

Chez les humains, ce geste est considéré comme une humiliation. C'est l'insulte suprême. De loin, je vois qu'ils sont atteints dans leur fierté de peuple qui se croit supérieur à toutes les créatures. Ils hurlent et vocifèrent, encore plus fortement.

Malheureusement, pour eux, ils ne peuvent rien faire tant qu'un champ miné nous sépare. Absolument rien.

Je jubile.

Au bout de quelques minutes, je décide de partir rejoindre ma nouvelle famille dans la forêt.

Mon avenir est avec elle et pas avec les humains. Ce sont mes ennemis à présent. C'est peut-être eux qui ont tué Tamila.

Je me mets en route, mais constate très vite que mon corps et mes pattes ne me suivent pas. La douleur physique engendrée par les multiples coups reçus et l'entaille sur mon postérieur m'obligent à avancer en clopinant. Ma tête, non plus, ne me suis pas. La souffrance psychologique provoquée par la mort de Tamila est indescriptible et me tétanise.

Tant bien que mal, je marche. Je me retourne régulièrement pour m'assurer que personne ne me suit. Je traverse une première montagne ; celle qui surplombe le village. Je poursuis ma route et arrive au pied de la seconde. N'ayant plus de force pour continuer, je décide de faire une pause.

Je repère un gros arbre et m'abrite en dessous, en faisant en sorte de ne pas taquiner mes blessures. Je ferme les yeux et sens peser le poids des évènements que je viens de vivre. Ils créent en moi une situation de vide sidéral. Progressivement, je m'assoupis.

Les minutes passent. Puis, un bruit sourd traverse la forêt et me fait sursauter. Je me lève brusquement et me cache derrière le végétal. La peur me gagne. J'ouvre grand les yeux et parcours rapidement les coins et recoins de la zone dans laquelle je me trouve, à la recherche de l'origine du vacarme. J'insiste particulièrement sur les endroits sombres.

Un petit bosquet, situé à une cinquantaine de mètres de moi, attire mon attention. Les branches d'arbres et d'arbustes qui le composent balancent comme si quelqu'un venait de passer par là. Je fixe cet endroit qui m'apparaît de plus en plus mystérieux. Mais, plus rien de particulier ne se produit. Quelques minutes après, la situation est toujours identique.

Il faut que je me méfie des humains ; ils ne sont pas bêtes. Ils ont plus d'un tour dans leur sac. Je dois surveiller mes arrières et ne jamais leur tourner le dos longtemps.

Je me résous à affronter mon destin. Je sors de ma cachette et avance à pas décidés d'une trentaine de mètres vers le lieu obscur. Puis, je m'abrite derrière un nouvel arbre. Je scrute le bosquet ; les branches balancent toujours.

Et si c'était un piège ? Il ne faut pas que j'y tombe comme un animal.

L'idée de fuir me traverse l'esprit. Mais, je me ravise.

Avec ce que je viens de vivre, je ne devrais plus avoir peur de rien.

Je sors de ma cachette et avance tout droit, plus déterminé que jamais. Je suis prêt à tout affronter. Je ne pense même plus ni à la famine qui me tenaille le ventre ni à la douleur qui me terrasse le corps, surtout le postérieur.

Arrivé près du bosquet, je me retrouve devant une grosse branche qui trône fièrement au sol. Je regarde vers le haut. La sève goute encore. La ramification s'est arrachée de l'arbre avec une grappe de mangues.

En tombant, elle a saccagé quelques arbustes et aplati les herbes. Les fruits sont au milieu de la zone détruite. Ils sont mûrs et ont l'air délicieux. Par mesure de prudence, je vérifie à gauche, puis à droite. Je n'identifie rien qui aurait pu occasionner la chute de cette branche, à part le poids de la branche surchargée en mangues.

C'est un don du ciel. « Dieu n'oublie jamais les siens ».

Pour une fois, ce n'est pas maître Tierno qui le disait, mais mon père. Il prononçait cette phrase fétiche chaque fois que nous étions au champ et que nous tombions, par hasard, sur un régime de bananes mûres.

Je piétine les herbes et aménage un bon espace. Puis, je m'y installe confortablement, face à la grappe.

Que le festin commence !

Je cueille une mangue. Je la regarde quelques secondes avec envie et en croque une grosse bouchée.

Hummmmmm !

Puis, je ferme les yeux et aspire une bonne bouffée d'air frais qui traverse à l'instant la forêt. Ensuite, je mâche avec passion le morceau et les suivants. La mangue est charnue et juteuse.

À la fin de la première, je m'accorde un petit instant pour savourer avant de prendre une deuxième, une troisième et ainsi de suite. Quand j'arrive à la dernière, je décide de la garder pour plus tard.

Maintenant que j'ai bien mangé, il faut que je retrouve mes frères bonobos.

Je veux partir, mais je me rends compte que je n'y arrive plus. Mon corps refuse de bouger après avoir englouti une si importante quantité de mangues. N'ayant pas le choix, je m'étale au sol et m'octroie une sieste, le temps de digérer. Elle ne dure que quelques instants.

Au réveil, j'ai l'impression d'avoir repris un peu de vigueur. Je me lève et me mets sur mes pattes arrière. Je contemple mon ventre et constate qu'il est bien rond.

C'est donc très lentement que je reprends mon chemin. Je dévore des kilomètres. Je m'arrête de temps en temps pour me reposer et me nourrir.

Régulièrement, je pense à Tamila et m'interroge sur ce qui s'est réellement passé.

Est-elle morte par chagrin ? A-t-elle été tuée ?

Je ne trouve malheureusement pas de réponses à mes interrogations. Au contraire, plus j'y songe, plus mes pensées s'emmêlent et s'entremêlent. Mais, je n'y peux rien. C'est au-delà de mes forces.

C'est dans cette atmosphère pesante que j'erre seul dans la forêt. J'ai régulièrement le sentiment de passer et de repasser aux mêmes endroits.

Finalement, j'arrive au campement, au bout de trois jours de marche.

Mes frères sont joyeux quand ils m'aperçoivent. Ils arborent un grand sourire, jusqu'aux oreilles. Mais, au fur et à mesure que j'avance clopin-clopant vers eux, l'enthousiasme s'estompe et laisse place à la tristesse notamment lorsqu'ils découvrent mon corps lacéré et mon postérieur entaillé.

Stupéfaits, ils me prennent en charge et m'accompagnent dans mon logis. Quelques-uns restent auprès de moi. Leurs visages témoignent de leur bienveillance et de leur compassion. Bien qu'ils soient calmes et silencieux, je sens cependant qu'ils brulent d'envie de savoir ce qui s'est passé et surtout de connaître l'auteur de cet acte. Je décide de tout leur raconter.

Alors que je veux commencer mon récit, je constate que j'ai du mal à émettre un cri ou à faire une grimace. Je me force et arrive finalement à placer une information, probablement la plus importante.

- Les humains !
- Je le savais ! déclare le chef guerrier bonobo, hors de lui. Ils ne perdent rien à attendre. L'heure de la bataille finale a sonné.

Il fait un tour sur lui-même, l'air pensif, puis il se penche vers moi.

- Où cela s'est-il passé ?

Je ne sais pas quoi répondre. Il me pose de nouveau la même question. Entre-temps, j'ai imaginé un stratagème. Je simule une perte de mémoire et me mets à bégayer des sons incompréhensibles, comme un fou.

- Vous voyez ce qu'ils ont fait à notre frère ? Il n'a plus toute sa tête. Occupez-vous de lui.

Il se penche à nouveau vers moi et me chuchote : « tiens bon, mon grand. Tu es courageux. Tu vas t'en sortir et tu seras un bon combattant ». Puis, il sort et s'éloigne, le regard fermé.

Les jours passent et toute la communauté m'aide à retrouver la santé. Certains m'apportent à manger, d'autres me tiennent compagnie, notamment lorsque mon moral n'est pas au beau fixe.

Un bonobo se démarque particulièrement en étant présent chaque fois que j'ai besoin de lui. Il s'appelle Paco. Il prend soin de moi. Tous les jours, il est là.

Très tôt le matin, il est le premier à franchir le seuil de mon logis avec quelques feuilles pour le petit déjeuner. Avant le coucher du soleil, il revient avec des fruits de la forêt. Pendant la journée, il m'apprend la vie des bonobos et m'aide à retrouver l'esprit et la mémoire.

En très peu de temps, je deviens un véritable bonobo, notamment dans mon esprit. Je suis fier d'avoir réussi mon subterfuge.

Sans le savoir, Paco y a bien contribué. Il m'a aidé à traverser cette période compliquée. Bref, il m'a redonné goût à la vie. Il est plus qu'un ami pour moi. C'est d'ailleurs avec lui que j'ai eu la première partie de pattes en l'air.

Paco est aussi l'un des plus costauds de la communauté. Il fait partie du bataillon. Et comme tout bon soldat, il m'a convaincu de le rejoindre. Bien sûr, j'ai accepté. Mais, pour le moment, je suis encore considéré comme un novice et ne peux donc pas participer au parcours du combattant.

Paco, lui, le peut. Il est d'ailleurs sur la ligne de départ de « La leçon » du jour. Quant à moi, je suis debout aux premières loges, prêt à jubiler pour mon champion.

Le chef donne le signal. Les combattants se lancent sur le parcours. Mon ami est, comme d'habitude, dans le peloton de tête. Je crie et l'encourage. À mi-parcours, il commence à perdre du terrain. Lorsque les participants s'engagent dans la dernière ligne droite, seule une petite poignée de concurrents est derrière lui. Elle finit par le rattraper et le dépasser. C'est en bon dernier qu'il franchit la ligne d'arrivée. Malgré la mauvaise performance, je l'accueille avec amour et attention.

L'heure de la sanction arrive. Paco et son compagnon du jour prennent le chemin de la forêt, à la recherche des fruits pour toute la communauté. Je reste dans le camp toute la journée et passe mon temps à monter et à descendre, comme si quelque chose me retenait là.

Le soir venu, l'allié de Paco apparaît seul. Au lieu des fruits juteux, il tient un bras humain.

- Nous avons été attaqués par les humains, explique-t-il en transpirant. Paco a été tué dans la bagarre. J'ai tout de même réussi à arracher la puissance d'un de ces salopards.

Nous pleurons la mort de Paco. Je suis particulièrement affecté par cette disparition.

Bien que rongé par le chagrin, mon esprit est obnubilé par cette histoire de bras qui détiendrait la puissance humaine.

Finalement, je décide de mener discrètement ma petite enquête. Je commence par interroger mon colocataire de logis.

Comme à son habitude, il se montre curieux et veut d'abord connaître les raisons qui me motivent. Or, je ne peux fournir de telles explications. Je reste évasif et minimise l'intérêt de mes recherches, ce qui me permet d'y mettre fin sans prendre de risque.

La douleur engendrée par la mort de Paco a aussi réactivé en moi la rage d'en découdre avec les humains afin de le venger, ainsi que Tamila. J'ai le sentiment qu'ils ont décidé de tuer tous ceux que j'aime.

Je me fixe une priorité : poursuivre mon entraînement dans le bataillon.

C'est en sachant combattre que j'ai plus de chances d'atteindre mon objectif.

J'y mets beaucoup d'application et d'abnégation.

Quelques semaines plus tard, mes efforts commencent à payer. Je passe du cinquième et dernier échelon, réservé aux nouveaux, au quatrième échelon. Je suis très surpris de constater une telle organisation dans l'armée des bonobos.

Le premier jour d'entraînement dans mon nouveau régiment arrive. Le responsable nous amène en forêt et nous rassemble autour d'un grand arbre. Sans rien dire, il nous laisse et s'en va. Nous y restons plusieurs heures sans que rien ne se passe. Je suis confus. Plus le temps s'écoule, plus je m'énerve. Mes coéquipiers sont dans un état similaire.

Finalement, le chef revient. Comme premier acte, il nous intime l'ordre de nous mettre tous debout, sur nos pattes arrière, en formant un cercle autour d'un l'arbre. Il pénètre dans le rond et se met à marcher tout en balançant un bras humain qu'il tient dans ses mains. Il s'arrête devant chacun d'entre nous et lui lance un regard pénétrant et insistant. Au bout de trois tours complets, il rejoint le point central et commence un sermon.

- Nous sommes ici parce que d'autres habitants de cette planète ne nous veulent pas du bien. Ils cherchent à tous nous décimer. Ils disent qu'ils sont puissants. Vous les connaissez, ce sont les humains. Ils sont nos ennemis. Ce qu'ils ignorent, c'est que nous maîtrisons leurs points faibles.

Il s'immobilise à nouveau quelques instants, puis soulève le bras humain et pointe du doigt un endroit tout près du coude.

- Leur puissance est cachée ici, sous cette marque. Je l'appelle : « L'empreinte du diable ». Elle est transmise de génération en génération. Dès la naissance, chaque bébé humain la reçoit au cours d'un rituel sacré conduit par les plus vieux de sa tribu. À l'aide d'un tampon en fer bien chauffé, ils font cette marque indélébile sur lui. Elle existe chez tous les humains, filles et garçons.

Je sens une boule dans le ventre. Ma respiration s'accélère et mon cœur commence à battre la chamade.

J'ai toujours su que tous les villageois avaient une marque, mais je n'ai jamais cherché à comprendre pourquoi. Je ne sais donc pas ce qu'elle signifie pour eux. Par contre, je sais comment les bonobos l'interprètent.

Plusieurs questions se bousculent dans ma tête.

La marque est-elle visible sur mon bras ? Est-elle restée après ma transformation ?

Ne pouvant pas bouger de ma position, je tente de soulever discrètement ma patte pour la regarder, mais l'exercice est périlleux. Aussi, j'y renonce pour ne pas attirer l'attention.

J'ai de plus en plus chaud.

Le chef se met à nouveau à faire la ronde, à petits pas. Lorsqu'il s'approche de moi, je tente de garder un semblant de calme. Mais, ce n'est pas simple. Je transpire. Les gouttes de sueur ruissellent sous mes poils.

Il fait une halte devant moi.

Je suis débusqué.

Il me regarde droit dans les yeux quelques instants, puis se met à tourner autour de moi.

Que peut-il être en train de chercher ? Est-ce qu'il a vu la marque de la puissance humaine sur mon bras ?

Au bout de deux tours, il se positionne derrière moi, légèrement décalé sur la gauche.

Si je pouvais avoir des yeux à facettes pour voir ce qu'il trame dans mon dos !

Je cherche à le surveiller du coin de l'œil, tout en gardant une position fixe. Je tourne mes yeux dans tous les sens, mais je n'arrive pas à le voir. Aussi, je me contente d'une partie de sa silhouette qui se dessine sur le sol.

Merci soleil !

Je focalise mon regard sur son ombre. Alors qu'elle ne bouge pas, je sens quelque chose me toucher l'épaule. Je sursaute. Mon cœur est au bord de la rupture.

- N'aie pas peur combattant, dit-il. C'est ma main. Ce n'est pas le bras de notre ennemi.

Je ne réponds pas. D'ailleurs, que puis-je dire ? Je suis totalement tétanisé.

Sans me lâcher l'épaule, il passe devant moi et me regarde à nouveau droit dans les yeux. Un grand silence s'installe. Pendant ce temps, sa main glisse progressivement vers mon cou.

Il va m'étrangler.

L'idée de fuir me traverse l'esprit, mais je me rétracte.

Où irais-je ?

Sa main descend ensuite au niveau de mon bras. Je lance un regard furtif vers les autres et constate que tous me fixent.

La main du chef continue jusqu'à la mienne, qu'il saisit fortement.

- Çà, c'est votre première arme ! dit-il avec autorité.

Puis, il laisse passer un long moment de silence pendant lequel il parcourt l'assistance du regard.

- C'est avec elle que vous tuerez nos ennemis, les humains. Nous allons la travailler pour que vous sachiez mieux vous en servir.

Je sens mes doigts craquer dans sa main ferme. Je serre les dents et fronce mes sourcils, mais au fond de moi, c'est un grand « ouf » de soulagement.

Je n'ai qu'une seule envie : voir la session d'entraînement se terminer rapidement. Je veux absolument savoir si ma vie avec les bonobos est compromise ou pas.

Le chef continue son réquisitoire. Il dure encore plusieurs heures.

Enfin, il nous libère. Tandis que les uns et les autres courent pour décompresser, je cherche un endroit discret, derrière un bosquet et m'y isole.

Après une bonne inspiration et une lente expiration, je lève mon coude. J'ai peur de ce que je vais voir. Aussi, j'hésite et ferme les yeux.

Allez ! Lance-toi ! Sois fort !

J'ouvre un œil, puis le second. Je ne vois rien à travers la tignasse noire qui recouvre mon corps. Une joie immense m'envahit. Je ris au point d'attirer les regards de mes congénères.

- Qu'est-ce qui te rend si heureux ? me demande un compagnon d'armes qui s'est rapproché de moi.

Il s'appelle Poilu. C'est un bonobo qui, vu de loin, ressemble physiquement aux autres, de taille moyenne. Par contre, dès qu'il est plus près, la différence saute aux yeux. Son pelage est très dense et couvre presque entièrement son corps, y compris jusqu'à son front. C'est comme s'il portait une vieille perruque noire de grande taille sur la tête. Il a un regard interrogateur et curieux. Sachant que je n'ai pas de marque qui puisse me trahir, je lui réponds de façon très décontractée.

- Mon cher, c'est un grand honneur de faire partie du commando qui va lancer l'assaut contre nos ennemis. Ça ne peut que me rendre heureux.

- Si tu le dis, répond-il en souriant.

Je constate un brin d'ironie dans son rictus, mais n'y prête guère attention.

Le chef nous demande de quitter le camp. Nous empruntons la même piste qu'à l'aller.

Je suis devant tout le monde et très fier d'être en tête de cortège. Nous marchons jusqu'à un carrefour. La piste se scinde en deux. Ne sachant quelle direction choisir, je m'engage au hasard sur l'une des pistes.

- C'est par la gauche, me crie mon poursuivant.

Je prends le second sentier. C'est à cet instant que je me rends compte que je m'étais trompé en vérifiant la marque sur mon bras. Au lieu de chercher la marque sur le bras gauche, j'ai examiné le côté droit.

Quel imbécile ! Maître Tierno doit se retourner dans sa tombe, complètement consterné par ma bêtise. Qu'est-ce que je peux être stupide, parfois !

Ma joie n'aura été que de courte durée. Je suis à nouveau dans le doute. Le chemin restant à parcourir me paraît infiniment long. Je ne participe plus aux discussions ou aux escapades dans les arbres.

Nous arrivons enfin au camp. Je me précipite dans mon logis. Mon colocataire n'est pas encore là. J'en profite pour regarder mon bras gauche.

Une empreinte indélébile trône tout près de mon coude, sous quelques poils clairsemés. On peut facilement la voir si l'on regarde de très près.

Je dois désormais être très prudent si je veux continuer à vivre.

Malgré l'épée de Damoclès qui plane sur ma tête, je fais l'effort de vivre normalement, presque. Je m'implique davantage dans les activités du bataillon.

Les jours passent et les entraînements se succèdent. Le niveau de difficulté est de plus en plus élevé. Je me découvre une grande passion pour les exercices régulièrement proposés par le chef.

Je performe, je brille, j'excelle, je m'illustre et je me distingue.

Je gravis rapidement les échelons.

Si beaucoup me félicitent et m'encouragent, ce n'est pas le cas de Poilu que je talonne presque dans la hiérarchie bonobo. Il est devenu distant avec moi. Visiblement, il est convaincu qu'il y a quelque chose de louche chez moi. C'est, en substance, ce qu'il aurait raconté à quelques complices du campement.

Je l'évite dès que je peux pour ne pas lui donner l'occasion de me dévisager.

Un jour, lors d'une balade en forêt avec tous les membres de la communauté, nous rencontrons un autre groupe de bonobos. Ils sont moins nombreux que nous, environ une dizaine seulement. Nous cheminons ensemble pendant plusieurs heures.

Au moment des séparations, les chefs des deux groupes annoncent que nous allons veiller dans le même campement, le nôtre.

La nuit arrive. Pendant que les uns et les autres dorment, j'observe de longues et secrètes discussions entre les deux responsables.

Quelque chose se trame, mais quoi ?

Le mystère ne dure pas longtemps. Le jour à peine levé, ils nous informent que nous formerons désormais une seule communauté afin d'être plus nombreux et puissants lors de la bataille contre les humains.

Une épreuve est organisée pour valider l'intégration des nouveaux dans notre communauté, la plus grande. Tous l'obtiennent avec brio. Je découvre que le test que j'avais passé n'avait rien à voir avec les soupçons.

Je suis ravi, car parmi les nouveaux arrivants, j'ai trouvé un petit rayon de soleil. Il s'agit de Sujette. C'est une jeune et jolie femelle.

Dès le premier regard, elle m'a tapé dans l'œil. De même, je suis comme hypnotisé à chaque fois que je la vois, au point d'en perdre mes moyens.

Le problème, c'est que manifestement, elle est tombée sous le charme de Poilu. Les deux tourtereaux sont régulièrement ensemble. Ils ne cessent de se faire des grimaces. Entre deux jacasseries, ils se complaisent à me lancer des regards inquisiteurs. Je commence à croire qu'ils complotent contre moi. J'ai peur qu'ils me mettent dans une situation inextricable.

Je dois réagir avant qu'il ne soit trop tard.

J'établis un plan de bataille simple : me débarrasser d'eux. Mais, je ne sais pas comment je vais m'y prendre, car à deux contre un, ça ne sera pas simple.

Par contre, ils ont un point faible, ils quittent souvent le camp pour, semble-t-il, faire des escapades amoureuses. Je décide de les suivre lors d'une de ces virées nuptiales, avec la ferme intention de faire ce qu'il faut pour sauver ma peau.

Je commence par les espionner en cachette. Je passe tous leurs faits et gestes au peigne fin.

Une semaine passe, puis deux. Je n'ai toujours pas trouvé l'occasion de régler mon problème, car comme par hasard, le couple que je déteste le plus n'a fait aucune sortie. Au contraire, ils ont passé la majorité de leur temps à me narguer davantage, sur le camp.

C'est comme s'ils étaient avertis par un esprit mystérieux.

Un beau matin, je m'installe dans mon coin préféré, qui me sert aussi de poste de surveillance de mes deux cibles. Je lance un coup d'œil, les amoureux ne sont pas là.

Où peuvent-ils être ?

Je lève la tête et scanne rapidement le camp. Les uns et les autres sont assis sur des troncs d'arbres disposés çà et là. Ils profitent du beau soleil de la matinée. Au loin, deux bonobos marchent vers la sortie ; c'est Poilu et Sujette.

Le moment tant attendu est enfin arrivé !

Tout en les fixant du regard, je pose doucement au sol le morceau de bois que j'ai dans la main. Je ne sais même plus ni pour quelle raison je l'ai ramassé ni à quel moment. Je sais juste qu'il est devenu encombrant.

Je les suis, de la façon la plus discrète possible. Les deux tourtereaux avancent et s'enfoncent dans la forêt. Je marche derrière eux, à bonne distance. Au détour d'une piste, la femelle se retourne. Je plonge immédiatement dans un bosquet.

Je crois qu'elle m'a vu !

Après quelques secondes, je lève légèrement la tête. Au loin, il n'y a plus personne.

Ils sont partis.

Je sors de ma cachette et me rends compte que je suis trempé, mais peu importe. Je reprends mon parcours, sur la pointe des pattes.

À cette allure, je ne risque pas de les rattraper.

J'accélère, mais avec suffisamment de précautions, pour ne pas me retrouver nez à nez avec eux, surtout s'ils se sont cachés quelque part pour me surprendre.

Plusieurs minutes plus tard, le constat est là : mes détracteurs sont introuvables. C'est le silence dans la forêt. Seuls quelques oiseaux chantent.

Zut ! J'ai laissé passer la seule occasion que j'avais.

Je me sens mal. Plein d'idées se bousculent dans ma tête. Je n'arrive pas à me décider. Je reste planté quelques instants sur place. Finalement, je fais demi-tour et m'engage sur le chemin retour.

N'étant plus pressé, je marche doucement. J'arrive à l'endroit où je m'étais caché auparavant. En regardant derrière le bosquet, j'aperçois un petit ruisseau qui serpente le long de la piste. Je m'installe sur son bord et me désaltère. J'ai l'impression d'avoir pris une cure de jouvence. Je suis plus lucide.

Et si cette occasion était la seule qui se présente ? Je ne dois pas abandonner. Il faut que je les trouve.

Je reviens sur ma décision et élabore soigneusement un plan de recherche. Je délimite une zone et la ratisse, mètre après mètre, en partant de ma position. Au bout d'une trentaine de minutes, Poilu et Sujette apparaissent à nouveau devant moi sur un sentier parallèle. Ils poursuivent sereinement leur chemin.

Ils se croient seuls au monde !

Je ralentis le pas et maintiens un rythme compatible au leur.

À un moment donné, ils s'arrêtent et se focalisent sur quelque chose à leur gauche. Je fais un pas de côté pour ne pas être aperçu. Ils s'engagent dans les bois et je les perds de vue. Quelques secondes plus tard, je me mets à nouveau à leur trousse, toujours avec la plus grande discrétion.

Quand ils réapparaissent, ils sont assis sur un tas de pierres, à quelques pas du sentier. Ils se regardent et se font des grimaces.

Sujette cajole son amant, au niveau de son poitrail.

J'avance doucement et me cache tout près d'eux, derrière une touffe d'herbe.

Mon plan de recherche a bien fonctionné. Maintenant, il m'en faut un meilleur pour venir à bout de ces deux amoureux, sinon tout ça n'aura servi à rien.

Je me concentre tout en surveillant autour de moi.

Tiens ! Ça y est ! Je sais comment je vais procéder. Je vais foncer sur eux, aussi rapidement que possible. Puis, je vais les assommer avec un de ces cailloux-là. Je commencerai par Poilu et terminerai par sa complice, si jamais elle tente de s'y opposer.

Mes calculs étant faits, je vérifie et analyse les obstacles qui sont sur le parcours. J'anticipe la façon dont je contournerai les ronces qui penchent sur le trajet identifié.

Tout me semble parfait. Je prends une inspiration et une expiration. Je lève la tête et m'apprête à me lancer lorsque l'inimaginable se produit devant moi.

Je me courbe et retrouve ma position initiale. Je frotte mes yeux et bats des paupières à maintes reprises pour m'assurer que ma vue est correcte ; c'est bien le cas.

Les cajoleries de Sujette se sont progressivement déplacées vers le dos de son « Valentin ». Profitant de cette position dominante, elle a ramassé subtilement un gros caillou et s'apprête visiblement à assommer Poilu, totalement dompté et apprivoisé.

Ce spectacle m'ahurit.

Elle soulève l'énorme pierre, lance un coup d'œil à gauche et à droite et se tourne ensuite vers moi comme si elle a toujours su que j'étais là. Je baisse rapidement la tête afin de bien me cacher derrière le bosquet, tout en gardant un œil braqué sur ce qui se passe. Elle fait un geste dans ma direction, réclamant silence et discrétion.

Surpris et toujours ratatiné dans ma cachette, je vérifie tout autour de moi, mais il n'y a personne d'autre.

Que se passe-t-il ? J'aimerais bien savoir à qui elle s'adresse.

Avant même que je n'aille au bout de ma pensée, elle descend, des deux mains, l'imposante masse et assomme Poilu, avec une puissance que je n'aurais jamais imaginée d'elle.

Du sang gicle et arrose la face de la combattante. Plusieurs gouttes atterrissent sur sa jolie tignasse et sur les pierres aux alentours. Elle lui assène un second coup, puis un troisième, tout aussi puissants que le premier. Elle tâte sa victime, puis se retourne vers moi et fait un geste d'acquiescement de la tête comme pour confirmer qu'il est bien mort.

Après un soupir de soulagement, elle me demande de sortir de ma cachette, de façon autoritaire.

Mon cœur, qui battait déjà très fort, s'emballe.

Quelle force incroyable ! Qui est Sujette ?

L'idée de m'enfuir me traverse l'esprit, mais je décide d'affronter mon destin. Je me lève et avance doucement vers elle tout en réfléchissant à la façon dont je vais la désarmer. Elle paraît beaucoup plus solide que je ne l'avais imaginé.

Lorsque j'arrive à quelques mètres d'elle, elle lâche la pierre et s'engage dans un sprint vers moi. Je fais un virage à cent quatre-vingts degrés et prends mes jambes à mon cou.

- Mamba, mon chéri..., crie-t-elle en langage humain.

Je stoppe ma fuite et me retourne. Les idées se mêlent et s'entremêlent à nouveau dans mon esprit.

- C'est moi Tamila, poursuit-elle.
- Quoi ? Qui ?

Je suis encore plus confus. Elle n'est plus qu'à quelques pas de moi. Tourmenté, je prends à nouveau la poudre d'escampette.

- Mamba, ne fuis pas ! C'est moi Tamila ! Ils m'ont fait la même chose qu'à toi.

Un moment de clairvoyance me traverse. Je ralentis et m'arrête. Je reste immobile quelques instants avant de me retourner. Tamila galope vers moi. Je la contemple sous toutes les coutures. Elle en fait autant.

- C'est bien toi, Tamila ?
- C'est bien moi.

Un long moment de silence s'installe pendant lequel je la fixe. J'aperçois, dans ses petits yeux en forme

153

d'amande, cette étincelle qui m'avait fait chavirer à l'époque et qui m'a hypnotisé depuis qu'elle est arrivée dans notre campement.

Elle esquisse un petit sourire et me tend la main en signe de V qui symbolisait notre amour.

- C'est bien toi, ma Tamila.
- C'est bien toi, mon Mamba.
- Comment m'as-tu reconnu ?
- Ça va être long à te raconter. Et le lieu n'est pas propice.
- Tu as raison. Éloignons-nous d'ici. Les bonobos pourraient découvrir qui nous sommes réellement.

Nous abandonnons la dépouille de Poilu et allons vers un coin calme et isolé, à plusieurs kilomètres de là. Il est situé près d'un petit sentier très peu utilisé, juste derrière un grand rocher et un essaimage de petits arbres denses et touffus.

Après avoir arraché les branchages et piétiné les herbes, nous aménageons un nid douillet et nous installons par terre, face à face. Je lis et contemple la joie et le bonheur qui transparaissent sur le visage radieux de Tamila. Je lui fais mon plus beau sourire. Puis, je me rapproche d'elle et la prends dans mes bras.

Mon corps, collé au sien, vibre au rythme de sa respiration. L'ensemble est synchronisé aux battements de mon cœur. Je sens un air frais traverser la forêt. Je lève la tête pour en profiter au maximum. En même temps, Tamila me gratouille la joue.

Je savoure l'instant présent, ce moment de complicité inoubliable, que j'ai failli ne plus jamais revivre.

- Maintenant, raconte-moi ce que tu as vécu, ce qu'il s'est passé lors de ton rituel, demande Tamila.

- Je suis plutôt curieux de savoir ce qu'il s'est passé pour que tu te transformes, toi aussi, en bonobo. Il me semblait que tu ne devais pas passer de rite.

- Détrompe-toi. La fiancée a aussi droit à un rituel, avec la même potion que le fiancé. Il n'est apparemment connu que de quelques initiés au village. Le jour où tu partais en forêt, deux vieilles dames sont venues chez nous, en début d'après-midi. Ma mère m'a juste dit que je devais les accompagner afin de suivre le parcours initiatique pour devenir une femme. Elle m'a surtout demandé de ne pas leur adresser la parole. Comme ma mère croit fermement à la tradition, je ne pouvais pas refuser. Pour moi, c'était normal.

- Chut !
- Quoi ? Qu'y a-t-il ?
- Chut ! J'entends quelque chose.

Nous tendons les oreilles. Les bruits de pas se font entendre. Ils sont de plus en plus proches. Quand ils atteignent notre hauteur, ils s'arrêtent.

- Tiens ! dit une voix d'homme. Un rocher. On n'en a pas beaucoup vu dans cette forêt. Profitons-en. Faisons une pause. J'ai assez marché.

- Très bonne idée Patron, répond une seconde voix.

Les deux hommes traversent et s'asseyent sur la grosse pierre. J'ai du mal à les distinguer à travers la touffe d'herbe et les arbustes qui nous séparent. En plus, ils ont le dos tourné.

Je dégage délicatement deux feuilles qui pendent devant moi et m'empêchent de découvrir nos nouveaux voisins. Hélas, il y en a une autre à près de deux mètres que je ne peux atteindre facilement. Je commence à me lever lorsque Tamila me saisit fermement.

- Tu vas où ? chuchote-t-elle.
- Dégager la feuille là-bas.
- Tu veux nous faire tuer ou quoi ?
- Non. Il faut que je voie qui sont ces humains. J'ai le sentiment d'entendre une voix familière.
- Chut ! On a été longtemps séparé. On ne va pas risquer à nouveau de se perdre.
- Tu as raison.
- Ce sont, à mon avis, des chasseurs. Ils ne devraient pas rester longtemps.
- S'ils nous voient, ils vont nous attaquer à coup sûr, dis-je en revenant sur ma position initiale.

L'envie de découvrir qui sont les deux individus me pousse à chercher une solution alternative.

Je regarde tout autour de moi. Une petite liane sèche est posée juste derrière Tamila. Je la ramasse et m'en sers discrètement pour dégager la fameuse feuille sans que les deux hommes s'en rendent compte.

Maintenant, nous les apercevons mieux à travers une large fente formée au milieu de la touffe d'herbe et d'arbustes. Ils sont toujours assis sur la grosse pierre, le dos tourné vers nous.

Le premier est un homme apparemment très vieux. Sa petite tête, coiffée d'une chéchia trouée à plusieurs endroits, laisse apparaître des cheveux grisâtres entremêlés les uns aux autres comme s'ils étaient incompatibles au peigne et à l'eau. Il est habillé comme un chasseur, sauf que ses habits semblent presque aussi âgés que lui. On devine facilement qu'ils n'ont pas été lavés depuis un certain temps. Il porte un fusil de chasse accroché en bandoulière.

Tout près de lui, à sa droite, un vieux sac noir en rotin tissé fait office d'accoudoir de fortune. Il s'y est affalé comme s'il était très fatigué, laissant à côté une longue machette visiblement bien aiguisée.

Le second homme est de taille normale. Il semble plus détendu. Ses habits sont plus propres et adaptés à la forêt. Il secoue régulièrement la tête comme s'il était préoccupé.

Soudain, le plus âgé se tourne vers le plus jeune.

- Patron, je vous dis que c'est très dangereux d'aller à Manmouet.

- Pourquoi ?

- Peu de gens sont rentrés vivants de là. La fleur de l'antidote ne se laisse pas cueillir aussi facilement.

- C'est pour ça que tu es là ! dit le plus jeune en secouant la tête. Je ne te paye pas pour rien ! Non ! Non ! Non !

Je me tourne vers Tamila pour voir si elle a compris la même chose que moi. Je ne lis aucun signe particulier dans son regard. Du coup, je tends à nouveau mes oreilles pour écouter ce que racontent les deux messieurs.

- Patron, est-ce que ça vaut vraiment la peine de mettre en péril nos vies pour cette fille ?
- Ne me dis plus ça ! Plus jamais ! Tu as compris ! Plus jamais ! Rien ne vaut l'amour que j'ai pour Tamila.

En entendant le nom de Tamila, nous sursautons et nous regardons, très surpris.

- Qui est…
- Chut ! chuchoté-je. Tu vas nous faire tuer.
- Qui sont ces messieurs ? demande-t-elle d'une voix basse. Et pourquoi prononcent-ils mon nom ? Est-ce qu'ils me connaissent ?
- Le vieux monsieur, c'est un marabout et l'autre, je n'en sais rien.
- Je ne veux plus écouter les bêtises qu'ils racontent. Sinon, ça va me faire exploser.
- Je vais les surveiller pour nous.

Tamila bouche ses oreilles et baisse la tête. Le jeune monsieur continue sa tirade.

- Je remuerai ciel et terre pour la ramener dans son état humain.
- Pardonnez-moi, Patron. Je ne voulais pas vous offenser.
- Tu as intérêt. Sinon, je te ferai avaler ta langue. Espèce de vieux bouc.

Celui qui se fait appeler Patron se lève et scrute le ciel. En se retournant, il laisse découvrir son visage.

La cueillette

Je suis terrifié par ce que je vois. L'homme qui déclare sans détour aimer Tamila à la folie n'est pas un inconnu. C'est une personne que je connais bien, que j'ai régulièrement fréquentée, à qui je me confiais sans retenue. C'est quelqu'un à qui j'aurais donné le Bon Dieu sans confession. C'est un ami, mon meilleur ami.

Cette situation provoque en moi un choc si grand, que je me laisse entraîner par mon instinct.

- Luc... crié-je d'une voix étranglée.
- Chut ! rétorque Tamila. Tu vas nous faire tuer !

J'obtempère et me calme. Je suis néanmoins abasourdi.

- Dis-moi que c'est impossible !
- Quoi ?
- Ce que j'entends et ce que je vois.
- Tu vois quoi ?
- Regarde toi-même.

Tamila lève la tête.

- Oh non ! Ce n'est pas…
- Chut ! Ne crie pas. Ils vont nous entendre.
- Lucas ! Lucas ! Ton ami Lucas !
- C'est bien lui ! Le démon en personne ! Il va me le payer !
- Non ! C'est trop pour moi.

Tamila ferme les yeux et prend sa tête dans les mains. Lucas, quant à lui, continue d'observer le ciel en tournant sur lui-même.

- Il y a un nuage noir qui se forme au loin, déclare-t-il.
- Ça augure une mauvaise journée, répond son compagnon de route.

Quelques secondes plus tard, Lucas s'assied.

- Encore quinze minutes et après, on s'en va.
- Oui, Patron.

Je me sens ébranlé. L'émotion m'empêche de penser. Je suis suspendu aux mots que s'échangent les deux hommes, qui se croient seuls.

Jamais je n'aurais pensé que mon soi-disant ami avait des sentiments aussi forts pour ma dulcinée. Il n'y a jamais fait allusion dans aucune des conversations que nous avons eues. J'ai été vraiment naïf de croire que Lucas, qui pourtant est un coureur de jupons invétéré, pouvait rester insensible aux charmes de Tamila, sous le seul prétexte que c'était la fiancée de son ami.

Certes, Tamila me rapportait certains évènements qui semblaient prouver que Lucas lui faisait la cour, mais j'avais une telle confiance en mon meilleur ami que j'étais même allé jusqu'à mettre en doute la parole de ma bien-aimée.

Quelle andouille j'étais !

Pris par le regret, je regarde Tamila, les yeux pleins de tendresse et de honte.

Me pardonnera-t-elle un jour de ne l'avoir pas crue et d'avoir donné plus d'importance à la voix de mon ami ?

Tamila ouvre les yeux et me regarde. Les larmes, qui commencent à poindre, illuminent son regard. Je sens qu'elle va éclater en sanglots. Je la prends par la main pour lui signifier que je suis là, pour elle. De l'autre main, je place mon index sur sa bouche pour qu'elle reste silencieuse et ne trahisse pas notre présence. Elle cligne les yeux en signe d'acquiescement.

Nous buvons les paroles de Lucas et de son complice. Leur conversation nous est trop utile pour les interrompre à ce stade.

Soudain, Tamila marque un signe de faiblesse, perd l'équilibre et vacille légèrement sur le côté. Je serre sa main que je tenais déjà et la tire vers moi.

En se stabilisant, son pied se pose sur une brindille qui se brise en faisant un léger « crac ».

Lucas se retourne.

- Chut ! Chut !

- Mais ! peste le sorcier. Pourquoi est-ce que vous me dites de me taire alors que vous venez de me poser une question ?

- Chut ! N'est-ce pas, je viens de te demander de te taire ? Non ?

- Bon ! OK ! Ne me posez plus de question alors.

- Tu n'as pas entendu quelque chose ?

- Non, Patron. À part quand vous avez dit : « chut ».

- Ce n'est pas le moment de blaguer. Quand tu parlais, j'ai entendu un craquement ; comme si quelqu'un piétinait des brindilles sèches.

Le marabout se lève et fait un tour complet sur lui-même, puis regarde sous ses pieds.

- Mais ! Je ne vois personne ici, à part nous deux, Patron. Et il n'y a pas de brindilles sur ce rocher, sauf si vous voulez parler de mes pieds. Vous avez certainement rêvé, Patron.

- Non ! Moi, je te dis qu'il y a quelqu'un ici ! Peut-être que nous sommes suivis !

- Patron, vous avez trop d'imagination ! Regardez autour de vous. Comment voulez-vous qu'on soit espionné ? Si l'on avait été suivi, on s'en serait déjà aperçu. Ce chemin est abrupt et surplombe la plaine de telle façon qu'il est impossible que quelqu'un passe inaperçu. En plus, les sentiers que nous avons empruntés sont inconnus des villageois. Et même si l'on avait affaire à une tête brulée, je ne pense pas qu'elle aurait assez de courage pour suivre un marabout ! Je ne connais pas de candidat au suicide !

- Mon vieux, continue de parler. Je sais ce que mon ouïe a écouté.
- Patron, qu'est-ce que l'huile vient faire là-dedans ?
- Espèce d'idiot ! J'ai parlé de l'ouïe. Tu ne peux pas comprendre ça. Ce n'est pas de ta faute. Il n'y avait pas d'écoles en ton temps.
- Hé ! Et l'école sous l'arbre ?
- C'était l'école ça ?
- Évidemment !
- « Mouf ! » Tu rêves ! Et ce n'est pas mon cas. J'ai bien entendu quelque chose écraser des brindilles. Tu vas voir. Comme ça, tu fermeras enfin ton clapet.

Lucas récupère la machette, abandonne le sorcier et s'engage dans une inspection des environs. Il commence par un point situé à l'opposé de l'endroit où nous sommes tapis. Il se déplace le long d'un cercle imaginaire d'une quinzaine de mètres de diamètre autour du rocher. Il fouille les bosquets avec minutie.

- Il va finir par nous trouver, déclare Tamila. Qu'est-ce qu'on fait ?
- Prépare-toi ! Je crois que le moment de vérité approche, plus tôt que prévu.

Au bout de quelques minutes, Lucas s'immobilise devant un buisson et se penche en avant. Il semble avoir trouvé quelque chose. Il soulève le grand coutelas et le plante énergiquement à l'intérieur du bosquet.

Immédiatement, une forme sombre détale à la vitesse grand V.

- Ha ! Ha ! Ha ! Patron, c'est un lapin des montagnes.

- Comment le sais-tu ?

- Patron, j'ai appris ça à l'école sous l'arbre !

Lucas reste bouche bée. Le marabout continue sa démonstration.

- Il a une fourrure noire brillante. Patron, c'est vrai, vous avez de grandes oreilles, non, de bonnes oreilles, très bonnes même. Mais pour ce qui est de la chasse, vous pouvez refaire vos classes ! À votre âge, je pouvais chasser les yeux fermés, tellement mes oreilles étaient affûtées ! Je ne manquais jamais ma cible !

- Ça va, vieux ! répond Lucas, l'air agacé. Tu racontes toujours la même histoire.

Visiblement, il est frustré de n'avoir trouvé qu'un lapin qui, au demeurant, a réussi à s'enfuir.

Lucas reprend sa place sur le rocher pour finir son casse-croûte.

Tamila et moi nous regardons dans les yeux, conscients que nous venons d'échapper à une menace certaine.

- Nous devons être plus prudents ! lance Lucas au marabout. J'ai le pressentiment que nous sommes surveillés.

- Patron, cette histoire avec votre copine vous trouble l'esprit. Vous êtes sur les nerfs. Il faut que vous vous calmiez.

- Vieux, je ne peux pas me calmer. Tamila hante mes jours et mes nuits. D'ailleurs, tout cela est arrivé par sa faute. Si elle m'avait dit oui, je n'aurais pas échafaudé ce plan pour me débarrasser de mon ami Mamba. Je ne comprends toujours pas pourquoi elle l'a choisi plutôt que moi. J'aurais pu tout lui offrir, car l'argent n'a jamais été un problème pour moi, contrairement à ce va-nu-pieds. D'ailleurs, je lui ai offert tellement de cadeaux, je lui ai fait tellement de propositions, qu'elle a rejetées à chaque fois. Tout cela parce qu'elle n'avait d'yeux que pour Mamba. Mamba ! Toujours Mamba ! Elle ne faisait rien sans la bénédiction de Mamba. Il fallait qu'il disparaisse pour me laisser le chemin libre.

- Patron, les mortels ne peuvent pas tout contrôler en ce bas monde. Il ne faut pas aller contre les esprits. Peut-être que…

- Ça suffit ! Je n'ai pas de leçon à recevoir ! Mon plan aurait pu bien fonctionner s'il avait été suivi à la lettre. Tes confrères, qui devaient préparer les potions ont tout fait foirer. Le remède de Mamba devait le transformer en fou tandis que celui de Tamila aurait fait d'elle une femme follement amoureuse de moi. Je leur avais bien dit de prendre garde à ne pas mélanger les deux produits. J'avais été très clair. Malgré cela, ces deux têtes vides ont fait le contraire. Résultat : Tamila s'est non seulement transformée en bonobo, mais en plus, je n'ai aucune idée de l'endroit où elle se trouve maintenant. Mais, bon… Pour le moment, concentrons-nous sur l'objectif du jour : trouver l'antidote.

- Patron, quand vous aurez l'antidote, comment comptez-vous retrouver votre Tamila ?

- Ça, ce ne sont pas tes oignons. Contente-toi de me fournir le produit. J'ai fait venir un grand marabout de la contrée voisine. C'est lui qui s'en chargera. D'ici quelques jours, Tamila sera ma femme.

- Mieux vaut mourir, chuchote Tamila.

- Chut ! Calme-toi, ma chérie. Tout ça, c'est ma faute. Maintenant, je vais réparer mes erreurs.

Lucas se démasque au fur et à mesure qu'il parle.

J'ai l'impression de découvrir un homme qui m'est complètement inconnu. Soi-disant par amour, il est allé jusqu'à me sacrifier alors que j'étais son meilleur ami. Enfin, c'est ainsi qu'il me qualifiait.

La colère monte en moi. Si je m'écoutais, je sortirais de ma cachette pour le rosser jusqu'à ce que j'arrive à lui arracher des excuses. Je le traînerais jusqu'au village pour que tout le monde sache quel personnage machiavélique il est.

Ma main est soudainement pressée au point de me faire mal. J'essaie de la ramener vers moi, mais je sens une résistance. Il s'agit de Tamila qui, me voyant m'énerver, essaie de me ramener à la raison en serrant ma main, à défaut de pouvoir parler sans se faire débusquer.

Cette complicité m'avait tellement manqué.

Elle a raison.

Si nous nous faisons repérer maintenant, nous n'aurons aucune chance d'arriver jusqu'à l'antidote.

Je me force de retrouver un semblant de calme tout en continuant à écouter Satan en personne. Je ne veux rien oublier pour pouvoir lui poser toutes mes questions le moment venu, que j'espère proche.

Après avoir terminé leur repas frugal, les deux hommes quittent le rocher et reprennent la route.

Nous leur laissons quelques mètres d'avance avant de sortir de notre cachette, l'air soulagé.

Nous les suivons.

À intervalle régulier, je surveille Tamila, pour m'assurer qu'elle s'adapte sans problème au rythme imposé par les deux hommes. Nous échangeons de temps à autre des regards complices, impatients de pouvoir arriver au bout de cette épreuve.

Soudain, Tamila me surprend en mimant un geste que nous faisions au début de notre amitié pour déjouer la vigilance des parents. Je lui donne la réplique aussitôt. Elle esquisse un sourire qui me rassure et me met du baume au cœur.

Je me sens heureux, mais l'heure n'est pas aux réjouissances.

Nous aurons tout le temps de fêter nos retrouvailles.

Nous continuons à talonner Lucas et son accompagnateur en catimini, sous un soleil de plomb et de plus en plus étouffant.

Après plusieurs heures de marche, je ne sens presque plus mes membres. Je suis mécaniquement le chemin que Lucas et son sorcier frayent, le plus souvent en se servant de la machette.

Même si Tamila ne le laisse pas transparaître, je vois qu'elle souffre, au moins autant que moi.

Elle ne tient plus la cadence et trébuche de plus en plus. Son agilité à esquiver les petits obstacles diminue, mais elle persévère.

Nous nous encourageons mutuellement.

Notre avancée est de plus en plus laborieuse, car le chemin devient abrupt, parsemé de rochers, de pierres et de ronces qui entaillent nos chairs.

Malheureusement, nous ne pouvons pas exploiter nos capacités de bonobos pour sauter d'un arbre à l'autre. Nous nous mettrions vite à découvert. Or, s'il y a quelque chose que nous devons vraiment éviter, c'est bien de nous faire remarquer.

Nous avançons tantôt à quatre pattes, tantôt à deux. Le fait d'alterner notre posture permet, en quelque sorte, de moins nous fatiguer. C'est du moins ce dont nous avons l'impression.

La végétation est de plus en plus touffue et hostile, signe que personne ne s'aventure jusqu'ici.

On devine facilement que nous cheminons vers un lieu mystérieux et secret, qui aurait pu faire l'objet d'une de ces histoires abracadabrantesques comptées par nos anciens, où le réel et le mystique se mêlaient.

Le silence devient de plus en plus angoissant.

Nous marchons encore et encore.

À présent, la flore est tellement dense qu'on a l'impression d'être plongé dans la nuit.

La vie animale, dont les cris nous accompagnaient depuis le début de ce périple, semble absente de cet endroit calme et ténébreux.

Ne nous sentant pas rassurés, nous avançons, collés l'un à l'autre.

Au détour de la piste, nous entrons dans une zone qui contraste avec celle que nous venons de traverser. Elle est presque plate et très éclairée. Lucas et le marabout s'arrêtent et se mettent à contempler le paysage.

La couverture végétale y est vraiment énigmatique. Elle est composée de plusieurs parcelles d'herbes de styles différents, harmonieusement disposées comme si c'était le fruit d'une œuvre humaine. Chaque type d'herbe produit des fleurs qui sortent et se fanent sous nos yeux, à la vitesse grand V. Je suis surpris par ce spectacle, Tamila aussi.

De grands arbres sont alignés sur le fond. Ils sont au nombre de neuf. Ils semblent tous avoir plus de cent ans.

Sur leurs troncs, on peut distinguer plusieurs représentations de créatures hybrides, mi-hommes, mi-animales.

Derrière ces végétaux géants, c'est le vide, le néant, un grand ravin à n'en plus finir.

- Waouh ! m'exclamé-je doucement.
- C'est impressionnant ! poursuit Tamila. Je n'ai jamais vu un endroit pareil de ma vie.
- Moi, je n'en ai même jamais entendu parler.
- Je n'en reviens pas.
- Tiens ! Ils ont peut-être identifié quelque chose.

En levant la tête, je vois le marabout pointer du doigt l'un des arbres.

Lucas a visiblement du mal à comprendre ce qu'il lui explique.

Je tends bien mes oreilles.

- Je crois que c'est celui-ci, dit le sorcier.

- C'est ça ou tu crois ?

- Non, Patron. Je ne crois pas. C'est bien l'arbre de l'antidote. Celui qui est au milieu.

- Celui qui est penché dans le vide, là ?

- Oui, Patron.

- Tu m'avais parlé de fleur et maintenant tu me montres un végétal qui conduit tout droit en enfer ?

- Patron, la fleur de l'antidote pousse dans cet arbre.

- Je ne comprends plus rien. C'est la fleur de l'arbre ou c'est une fleur qui pousse dans l'arbre ?

- C'est ça même, Patron.

- Abruti !

- Patron, je vais tout vous expliquer quand on sera là-haut.

- Parce que je vais aussi monter ?

- Oui, Patron. C'est votre main qui doit la cueillir.

- Sinon quoi ?

- L'antidote ne fonctionnera pas.

- C'est quoi encore, cette histoire ? Et pourquoi ne m'as-tu pas dit ça avant ?

- Vous ne m'avez pas demandé, Patron.

- Tais-toi ! Je te paye pourquoi alors ?

- Pour venir avec vous, Patron.

- Espèce de « vaut rien » ! dit Lucas en toisant le marabout de la tête aux pieds. Ferme-la !

Le sorcier baisse son regard et se met à ronger ses ongles. Un moment de silence s'installe entre les deux hommes.

- Qu'est-ce que tu attends pour grimper ? aboie Lucas en amorçant une gifle.

Le vieil homme esquive et fait deux pas en arrière.

- Patron, ce n'est pas vous qui m'avez demandé de la fermer ?

Lucas devient encore plus furieux. Il s'avance tout près du marabout et arme sa main. Puis, il la bloque au niveau de son oreille, la paume entièrement ouverte et les cinq doigts complètement écartés.

- Tu veux que je te gifle ? Hein ? Hein ? hurle-t-il, le regard froissé et la bouche déformée.

- Non, Patron ! répond le malmené tout en levant les bras pour se protéger les joues et la tête.

Puis un vacarme se produit. Les deux hommes disparaissent instantanément.

Je plonge face contre terre et me tourne vers Tamila. Elle est déjà au sol, à plat ventre aussi.

- Ça va ? me demande-t-elle.
- Oui, ça va. Quelqu'un a tiré.

Je lève légèrement la tête, juste à hauteur des herbes. Je balaie la zone, à la recherche de l'origine du coup de feu. Je surveille particulièrement l'endroit où étaient postés Lucas et le marabout il y a juste quelques secondes.

- Que se passe-t-il ? demandé-je.
- Qui a tiré ?

- Je n'en sais rien, Tamila. Je cherche. En plus, Judas et son charlatan ont disparu.

- Quoi ?

- Doucement ! Il ne faut pas que celui qui a fait ça nous repère. Nous ne pourrions rien contre lui. Il est armé.

Puis, le sorcier et Lucas réapparaissent, au même endroit.

- Pardon Patron, s'excuse le marabout. Je n'ai pas fait exprès.

- Tu voulais me tuer ?

C'est à ce moment que Tamila et moi comprenons qu'il n'y a pas de troisième larron.

- Non, Patron. Quand j'ai esquivé la gifle que vous vouliez me donner, c'est là que le fusil m'a échappé.

- Et pourquoi tu as tiré ?

- Je n'ai pas tiré. La corde qui retient la sécurité s'est déroulée toute seule et « bang », le coup est parti, Patron.

- Et pourquoi tu t'es aussi couché ?

- Eh, Patron ! Quand ça fait « bang », et que ce n'est pas toi qui as tiré, il faut toujours se coucher !

- Espèce d'andouille. Fais bien attention à moi.

- Oui, Patron. Je vais bien faire attention à toi... à vous.

- Sinon, je vais te gifler avec cette main... Regarde bien. Et tu ne vas plus manger pendant un mois. Tu vas seulement boire de la bouillie, et encore.

- J'ai compris, Patron.

Lucas toise à nouveau son marabout de la tête aux pieds, puis se retourne vers l'arbre.

- Alors ! Comment va-t-on monter ?
- En rampant, Patron.
- « Mouf ! » On t'a dit que je suis un serpent ?
- Non, Patron. Je voulais dire : « en grimpant ».
- Je suis alors un bonobo.
- Non, Patron. C'est votre copine qui est bonobo.
- Ne parle plus jamais d'elle comme ça, sinon je vais t'étrangler. Vois-moi ça ! Allons-y !
- Pas encore, Patron, il faut d'abord la protection.

Le marabout récupère sa gibecière et en sort deux petits tubes. Il ouvre le premier et verse son contenant dans sa main. Il en fait autant avec le second. Il mélange les deux produits et les frotte longuement. Puis il se met à s'oindre la face, la tête, les bras et tout son corps.

Lucas l'observe sans rien dire, l'air agacé. Le sorcier finit de se badigeonner. Il remet à nouveau les produits dans ses mains et les frotte intensément.

Puis, il avance inquiet vers Lucas.

- C'est pour vous, Patron.
- Non, merci. Je n'ai pas besoin de ça.
- Il ne faut pas jouer avec ça ! C'est important ! C'est pour vous protéger, Patron.
- Contre quoi ?
- La fleur de l'antidote. Elle peut éclater quand on la touche.
- Et qu'est-ce qui se passe ensuite ?

- Eh ! Vous ne savez pas ? Un liquide jaunâtre jaillit. Il est très dangereux. S'il touche votre peau, vous êtes paralysé à cet endroit-là tout de suite. Et quelques minutes après, c'est tout le corps. Méfiez-vous, Patron !

- C'est dangereux ton truc !

- C'est ça même, Patron. C'est très dangereux ! Mais, une fois cueilli, il devient inoffensif.

Lucas reste figé quelques instants et tend ensuite les mains. Le guérisseur les oint, puis la tête, la face et tout le corps.

- C'est bon ?

- Oui, Patron. On peut grimp… Non, patron ! C'est ma langue qui a fourché. On peut monter.

Les deux hommes s'avancent jusqu'au pied de l'arbre. Lucas tâte le mastodonte tandis que le sorcier, resté à une encablure derrière lui, le motive par des gestes saccadés de la main.

Il lève la tête et lance un regard conquérant dans les branches dont les premières sont situées à plus d'une quinzaine de mètres de lui. Il crache dans ses mains, puis les frotte avec détermination.

Il saisit ensuite le géant penché, s'agrippe fermement à son tronc et entame la périlleuse montée vers la précieuse fleur.

- Il ne va pas y arriver, dis-je à Tamila.

- Tu le sous-estimes encore ?

- Il est vraiment prêt à tout, ce Lucas. Je ne lui connaissais pas cette détermination.

- Ça ne me surprend pas. Je ne l'ai jamais trouvé vrai et sincère. C'est un opportuniste. Il a abusé de ta confiance pendant des années sans que tu t'en rendes compte.

- Et dire que je le considérais comme mon meilleur ami.

- Il doit payer pour tout ce qu'il nous a fait.

- Il va payer.

Au bout de quelques minutes, Lucas arrive dans les branches. Son marabout le rejoint.

Les échanges entre les deux hommes continuent, mais sont de moins en moins audibles. Nous arrivons tout de même encore à capter ce qu'ils se disent.

- J'ai très peur du vide.

- Tu es quel genre de guérisseur, toi ?

- Je suis d'abord humain.

- Alors, ne regarde pas en bas et tout ira bien.

- Oui, Patron. Je vais essayer.

- Donne-moi le coupe-coupe et le fusil. Tu risques de les faire tomber.

Le sorcier les lui tend, puis s'assied sur une branche, tout en s'agrippant sur celle située au-dessus.

Les deux hommes se mettent à scruter l'arbre. Ils regardent partout.

- Tiens ! dit le guérisseur en pointant sa bouche vers le haut. Euh ! Tenez ! Là-bas !

- Où ?

- Au-dessus de vous. Un, deux, trois... C'est sur la cinquième branche.

175

- Ah ! Je vois.

Puis, pendant un court instant, le regard de Lucas se fige et sa bouche reste grande ouverte.

- C'est « miraculos », dit-il. Je n'ai jamais vu une chose pareille.

J'inspecte l'arbre moi aussi, à la recherche du précieux sésame.

Je me prends à rêver qu'il va enfin nous permettre de retrouver notre apparence humaine.

- Je la vois ! Là ! Le truc qui brille !
- Je ne vois pas ! me répond Tamila.
- C'est le petit truc qui a la forme d'une coupe, de couleur rouge brillant.
- Si c'est petit, je ne verrai pas, poursuit-elle. J'ai toujours mes problèmes aux yeux. Le fait de devenir bonobo n'y a rien changé.
- Je suis désolé, ma chérie. Quand on redeviendra humain, on ira consulter un docteur pour tes yeux.
- Oui. Mais le plus urgent pour le moment, c'est de réfléchir à la manière donc nous allons récupérer la fleur de l'antidote dès qu'elle sera cueillie.
- Fais-moi confiance, ma chérie. J'ai un plan.
- Mais, Lucas n'est pas bête. Et sans vouloir te vexer, tu étais loin d'être le Mc Gyver du village.
- Ce n'est pas le moment de plaisanter ! Je ne me ferai pas avoir une deuxième fois, crois-moi. Au contraire, il va payer.
- Dis-moi comment tu vas t'y prendre.

Je regarde Tamila droit dans les yeux.

- Ma chérie, j'ai eu un grand maître, monsieur Tierno. Il nous disait : « Quand quelqu'un te trompe pour la première fois, c'est qu'il est intelligent. S'il te trompe une deuxième fois, c'est que tu es bête ». Moi, je ne suis pas bête. Enfin...

- Chut ! Ils parlent.

Je tends l'oreille. Le marabout explique à Lucas comment il doit récupérer la fleur de l'antidote. Celui-ci écoute attentivement sans broncher.

- Un nid de guêpes ! avertit Lucas.
- Quoi ?
- J'ai dit : « un nid de guêpes ». Regarde ! Sur ta gauche !

Le guérisseur lève la tête et se met subitement à vociférer.

- Non ! Non ! Des frelons !
- Oui ! C'est ce que je viens de te dire !
- Je n'avais pas compris, Patron ! Je les déteste ! Elles me font trop peur ! Je vais descendre !
- Quoi ?
- Je vais descendre !
- On est trop près du but pour reculer !
- C'est au-dessus de mes forces, Patron !
- Personne n'abandonne ! Je te paye cher pour rester avec moi, alors tu restes avec moi !
- Je préfère te laisser avec l'argent !

Le guérisseur se tourne et engage la descente. Lucas est visiblement vexé.

- J'ai dit : « personne ne bouge » !

- Je vous ai dit de garder votre argent ! répond le guérisseur tout en traînant imperturbablement ses fesses sur une branche, pour se déplacer.

Lucas arme le fusil et tire un coup en l'air.

- Oh ! Oh ! Oh ! Patron, vous voulez me tuer ?
- Si tu ne changes pas vite d'avis, je n'hésiterai pas.
- OK, Patron ! Vous m'avez convaincu ! Je continue avec vous ! Mais, je prendrai mon argent.

Les deux hommes reprennent leur lente montée, vers la fleur de l'antidote.

De temps en temps, ils font des mouvements de la tête pour esquiver les guêpes qui volent et bourdonnent un peu trop près d'eux. Ceux du marabout sont toujours brusques et accentués, l'entraînant parfois à la limite du décrochage.

Tant bien que mal, ils arrivent au niveau de la cinquième branche.

- Ils vont bientôt cueillir la fleur de l'antidote, dis-je à Tamila.
- Prépare-toi. Ils ne doivent en aucun cas partir avec ce produit.
- Je te l'ai promis, ma chérie. Je le récupèrerai.

Soudain, j'entends Lucas manifester une joie vive.

- Ça y est. Je l'ai.
- Bravo, Patron ! rétorque le sorcier.
- J'ai enfin l'antidote.
- Non ! Non ! Non ! Les frelons nous attaquent !

- Reste calme et ne bouge pas, espèce de peureux ! Ce ne sont pas deux petits insectes qui vont te faire peur, quand même !

- Je ne peux pas. Il y en a trop ! Non ! Non ! Noooooooooon !

Le marabout s'arrache de la branche sur laquelle il était agrippé. En une fraction de seconde, il passe sous mes yeux et disparaît dans le ravin.

- Quel imbécile, ce vieux schnock ! Peste Lucas. Incapable d'être un vrai homme ! Qu'il pourrisse en enfer !

Ces propos me réconfortent dans l'idée que je dois empêcher Lucas de continuer à faire du mal aux gens.

- Il est vraiment inhumain, déclare Tamila.

- Il est même pire que ça.

Elle me tend ses bras poilus et me regarde, énervée.

- Voici ce qu'il a fait de nous.

- Des bonobos.

- Nous allons lui montrer ce que sont les bonobos.

- Je dirais même : ce que sont les bonobos qui n'ont plus rien à perdre.

- Allons l'attendre au pied de l'arbre.

Nous nous tapons les mains pour nous encourager mutuellement.

Puis, nous sortons de notre cachette et avançons jusqu'au pied du mastodonte penché, le regard furieux, comme si nous n'avions rien mangé depuis plusieurs jours.

Lucas est encore dans l'arbre. Il poursuit imperturbablement sa descente. Il accroche d'abord le sac qu'il a en main minutieusement sur une excroissance de branche, se glisse au niveau inférieur, récupère le sac et répète le processus. Il est tellement concentré qu'il ne s'est même pas rendu compte que nous sommes là, à l'attendre de pied ferme.

Je devine facilement que la sacoche en lianes tissées contient le précieux butin.

Au moment où il pose son pied sur la dernière branche, son regard se tourne vers nous.

- Eh ! lance-t-il. Pauvres bonobos, « quittez-là ! »

Nous le fixons sans rien dire et sans bouger.

- Chut ! Chut ! Chut ! siffle-t-il pour nous faire fuir.

Nous ne bougeons pas.

- Oh ! On vous a envoyé ! crie-t-il. Voyez-moi la malchance !

Devant notre calme, il ouvre la bouche, mais les mots ne sortent plus. Il balbutie.

Puis, il se tourne et regarde son sac, suspendu sur la branche au-dessus de lui. Il tâte le fusil accroché en bandoulière.

- Si vous ne bougez pas, je vous tue !
- Salut, Lucas. Tu ne reconnais pas ton vieil ami ?
- Eh ! Mamba !
- Oui, c'est moi-même.
- Salut vieux frère ! Comment vas-tu ? J'ai appris que ton rituel avait mal tourné. Je n'aurais jamais pensé te revoir un jour. Quelle bonne surprise !

- Je vois que tu n'as pas perdu ton sens de l'humour.

Lucas racle sa gorge, esquisse un petit sourire narquois et crache dans le vide.

- Je vois que tu n'es pas seul. Qui est ton ami ?
- Je te présente Tamila, ma fiancée.

Le sourire disparaît subitement du visage de Lucas et laisse place à la nervosité.

- Tamila ! Non ! Tu me fais marcher !
- Non, répond Tamila. C'est bien moi, en chair et en os. Qu'est-ce que tu crois ?

Lucas change de ton et se met à parler d'une voix calme et posée.

- Écoute Tamila, je n'ai jamais voulu te faire de mal.
- Ferme-la ! gronde Tamila.

Je grimpe de quelques mètres dans l'arbre et m'arrête, juste à la limite du vide.

Puis, je lance un regard furieux en direction de Lucas, qui se met à trembler.

- Recule ou je tire ! menace-t-il.

Pendant que les secondes défilent, il tapote son fusil. Je maintiens mon regard pointé sur lui. Finalement, il braque son arme sur moi et appuie sur la gâchette. Rien ne se passe. Il insiste, mais le résultat est identique.

- Je parie que tu ne sais même pas manipuler cette arme.

Puis, je pousse deux grands cris farouches et me mets en position d'attaque. Je suis comme transcendé. L'écho de mes hurlements résonne quelques instants avant de disparaître de l'autre côté du ravin.

Lucas montre des signes de nervosité. Son pantalon tremble comme une feuille.

Je lance un compte à rebours et m'apprête à courir et à bondir sur Lucas lorsqu'un vacarme assourdissant retentit.

Quand je reprends connaissance, Tamila est penchée sur moi.

- Mamba ! Mamba ! Ça va ? Ça va, Mamba ? Tu m'entends ?
- Oh le salaud ! Il m'a tiré dessus.
- Calme-toi. Est-ce que ça va ?
- Je vais le tuer !
- Chut ! Calme-toi. Je vais m'en occuper.
- Ça fait combien de temps que je suis là ?
- Environ une dizaine de minutes.
- Où est Lucas ?
- Il est toujours là.
- Où ?
- Dans l'arbre.
- Fais attention, Tamila ! Il a une arme.
- Non.
- Si. Il a un fusil.
- Il avait un fusil, mais il ne l'a plus. L'arme est tombée dans le ravin quand il t'a tiré dessus.
- Il lui reste la machette.
- Elle est aussi tombée.
- Et lui, il est toujours là ?
- Oui, Lucas est toujours dans l'arbre.

Je tente de me lever, mais je sens que mon pied me fait défaut.

- Vas-y ! Ne lui laisse aucune chance.
- Fais-moi confiance, mon chéri ! Il va payer.

Tamila me caresse la tête et me donne un baiser sur le front. Puis, elle se lève.

Après un dernier regard tendre et complice, elle se met à marcher à pas déterminés vers l'arbre, comme une amazone, confiante dans sa capacité à triompher de Lucas.

- Tu as osé lui tirer dessus, gronde Tamila. Tu vas payer ça, et aussi pour tout ce que tu nous as fait.

Elle entame l'ascension dans d'arbre.

Couché, j'aperçois Lucas qui cherche à se sauver en remontant dans les branches.

- Attendez ! dit-il. Je vais tout vous expliquer !

Puis, c'est le silence. Je n'aperçois plus Tamila.

Les secondes défilent. Elles sont interminables.

Tamila réapparait enfin au niveau des branches.

- Je ne vois plus Lucas ! crie-t-elle.
- Regarde plus haut ! Je l'ai vu remonter !
- Il n'est pas là ! Il ne s'est quand même pas volatilisé !
- J'aurais vu ce salopard descendre en enfer s'il avait chuté. Je vais regarder de l'autre côté.

Je me lève et traîne la patte jusqu'à un bon point d'observation qui me permet de voir la plus grande partie des branches.

- Il est là ! crié-je.

Lucas est accroché au bout d'une branche, le corps suspendu dans le vide.

- Ça y est ! répond Tamila. Je le vois maintenant.

Sous l'effet du poids de Lucas, la ramification se tord progressivement, si bien qu'il glisse dangereusement vers les feuilles. Voyant le danger s'approcher, il se met à pleurer.

- Aidez-moi ! Aidez-moi ! Je ne veux pas mourir !

Tamila s'approche et lui tend la main. Il tente de la saisir sans succès. La branche étant à son maximum de courbure, elle cède et Lucas chute.

Trois ou quatre mètres plus bas, il réussit à s'accrocher sur une autre branche, la dernière. En dessous de ses pieds qui balancent, c'est le vide. Le ravin lui tend les bras.

Tamila engage une descente en cascade, saute d'une branche à l'autre. Lucas se met à rire en même temps qu'il pleure.

- Ha ! Ha ! Ha ! J'ai cru que j'allais mourir. Hi ! Hi ! Hi !

Tamila arrive près de lui et lui tend aussitôt la main. Hélas, l'écart entre eux est trop grand. Elle se tourne et casse une branche qu'elle dépouille rapidement de ses feuilles.

Après s'être bien accrochée, elle tend le bâton. Lucas tente de l'attraper, mais n'arrive à le toucher que du bout des doigts.

Tamila regarde à gauche, à droite, tout autour d'elle ; visiblement, elle ne peut plus rien faire pour lui.

- Pardonne-moi, Tamila ! dit Lucas d'une voix tremblante. Ta beauté et ton charme m'ont hypnotisé et je n'ai pas su contrôler le diable qui sommeille en moi.

Tamila maintient son regard fixé sur lui sans rien dire.

- Demande aussi pardon à Mamba pour moi. Je regrette ce que je vous ai fait.

Tamila essaie une nouvelle fois de tendre le bâton le plus loin possible, mais sans succès.

- Tamila, la fleur de l'antidote est dans mon sac, là-bas. Avalez ses fruits. Le marabout m'a expliqué que c'est comme ça qu'il faut s'en servir. J'espère qu'elle vous aidera à retrouver votre vie humaine d'antan.

Tamila acquiesce de la tête.

- Je vous souhaite une vie heureuse, pleine de tolérance et...

Lucas n'a pas le temps de terminer sa phrase. La branche cède.

- Nooooooooon ! crie Tamila.

Le regard médusé, je vois Lucas passer, telle une pierre en chute libre. Il est fermement accroché au reste de branchages qui ont cédé avec lui.

En quelques secondes, il disparaît dans le ravin.

Je suis saisi de tristesse. Une larme perle sur ma joue.

Je n'aurais jamais imaginé que j'écraserais une larme d'émotion pour Lucas après tout ça.

Tamila récupère la gibecière, descend de l'arbre et vient me retrouver. Elle s'assied en face de moi. On se contemple sans décrocher un mot, les regards tristes.

Le temps passe, mais nous restons là, figés, comme si nous ne savions plus quoi faire ni où aller. Je finis par somnoler.

La douleur au niveau de ma patte me réveille et me sort de mon sommeil. Je remarque que Tamila s'est aussi endormie.

Je regarde le ciel. Le soleil a déjà fait presque les trois quarts de son parcours et s'apprête bientôt à disparaître derrière les arbres situés de l'autre côté du ravin.

- Tamila, réveille-toi.
- Oups ! Je me suis endormie.
- Moi aussi.
- Ta jambe, ça va mieux ?
- Je pense que ça va aller. Juste une égratignure.
- Ça t'a quand même mis KO !
- Je pense que c'était l'effet de la conjonction de tous les évènements vécus depuis ce matin.
- Tu as raison, ça fait beaucoup de choses à encaisser en très peu de temps.

Tamila se met à regarder tout autour d'elle.

- Où est la gibecière ?
- Ici. Je l'ai prise pour voir à quoi ressemble la fleur de l'antidote.
- Alors ?
- Je ne l'ai pas encore ouverte. J'ai préféré t'attendre.
- Allons-y donc !

Je prends le sac, l'ouvre et en retire la précieuse fleur.

- Magique !
- Waouh ! Je n'ai jamais vu un truc de ce genre !

- Moi non plus !

Je tiens entre les mains une petite plante qui a l'air bien vivace. Sa tige, spongieuse et épaisse, comporte des ramifications. Au bout, quatre feuilles arrondies entourent une grande fleur ovale de couleur bleuâtre, en forme de coupole. Quatre petits fruits d'un rouge vif sont reliés à la voûte par de fins pédoncules.

- Ça a l'air d'un truc d'extraterrestres, dit Tamila. Un dôme, des antennes…

Je rapproche la plante de ma bouche.

- Allo ! Allo ! Est-ce que quelqu'un nous écoute ?

Quelques secondes plus tard.

- Tu vois, il n'y a personne, dis-je.
- Sinon, ce peureux de sorcier n'aurait pas suivi Lucas.

Je cueille délicatement un fruit que je donne à Tamila. Elle se met à contempler la petite boule rouge. J'en cueille une seconde pour moi, la tiens entre mes doigts et me mets aussi à l'examiner. Je sens de la chaleur envahir et envelopper ma main.

Un silence de cimetière règne autour de nous.

Je lève les yeux et croise le regard de Tamila. Je la sens inquiète et circonspecte, mais je n'y prête pas plus attention.

Je me concentre sur le corps sphérique qui chauffe entre mes doigts. Finalement, je décide de l'envoyer au fin fond de ma gorge.

Je ferme les yeux et penche légèrement ma tête vers l'arrière. Je laisse passer quelques secondes.

J'inspire et j'expire.

Je m'accorde un bref instant de calme. Puis, je lève la main et tiens le précieux sésame au-dessus de ma bouche grande ouverte.

- C'est bon ! Je me lance !
- Arrête ! crie Tamila.

J'interromps mon geste.

Tamila s'est rapprochée de moi et me regarde avec des yeux interrogateurs.

- Es-tu sûr que c'est bien l'antidote ? me demande-t-elle.

Je reste perplexe devant cette question et ne sais pas quoi répondre.

Les secondes défilent.

- Je ne veux pas te perdre à nouveau, poursuit-elle. D'ailleurs, je ne sais pas si je veux redevenir humaine. Cette nouvelle vie avec moins de règles et de traditions commençait à bien m'aller. Avec toi, je suis sûr qu'elle sera encore meilleure.

- Tu as raison, Tamila. Je me suis battu pour te retrouver. Maintenant, tu es près de moi. Pourquoi tenter à nouveau le diable ?

Nous nous levons et nous approchons près du ravin.

- Sans regret ? demandé-je à Tamila.
- Sans regret.
- Sûr ?
- C'est mon dernier mot, mon chéri.

Nous nous lançons des regards tendres et complices. Puis, nous jetons ensemble de façon synchronisée les boules rouges dans le ravin.

- Bye bye l'antidote.

Nous restons un moment debout, à chercher là où elles sont tombées. Malheureusement, le ravin est trop profond pour nous laisser identifier la destination précise des mystérieux fruits.

Pour fêter nos retrouvailles, nous nous accordons un moment de tendresse. Il se passe intensément, à un tel point dont seuls les bonobos ont le secret.

Puis, nous empruntons le petit chemin, en direction du nord vers notre camp.

Comme il commence à se faire tard et que nous voulons rentrer au campement avant la nuit tombée, Tamila et moi accélérons le pas. Nos cœurs sont légers et nous profitons pleinement du début de notre nouvelle vie commune, en tant que bonobos.

Bien que pressés, nous agrémentons notre trajet de jeux divers : nous jouons à saute-mouton, faisons la course, des roulades…

Nous profitions de chaque instant, comme si nous voulions combler le temps qui nous a été volé lorsque, entre deux fous rires, j'entends un bruit derrière un bosquet.

Deux cadavres de trop

Je m'arrête et prête attention. Le bruit a disparu. Je me retourne vers Tamila.
- As-tu entendu quelque chose ?
- Quoi ?
- J'ai cru percevoir un cri.

Elle s'immobilise aussi et nous restons silencieux, les oreilles bien dressées. Au bout de quelques secondes, le constat est évident : aucun bruit suspect.
- Ça doit être le fruit de ton imagination, poursuit Tamila. Lucas et son sorcier ne sont plus de ce monde. Il faut que tu arrêtes de te stresser.

Nous reprenons notre chemin lorsque le même son retentit. Je me tourne à nouveau vers Tamila.
- Qu'est-ce que je t'ai dit ? Tu l'as entendu cette fois non ?

Tamila approuve par un geste de la tête. Des signes d'inquiétude transparaissent dans son regard. Je saisis sa main pour la réconforter. Elle se colle à moi, son refuge retrouvé. Je lui fais un petit câlin et la lâche, après lui avoir demandé de ne pas bouger.

Je m'engage à pas de loup en direction du bruit, devenu de plus en plus persistant. J'évite de piétiner les brindilles de bois secs. Quelques feuillages me barrent le passage. Je les dégage doucement et avance.

Arrivé près du bosquet, je vois un filet de chasse qui balance, chargé d'une prise énorme. Je tente d'identifier l'animal prisonnier, mais je n'y arrive pas. La masse est assez sombre. Elle se débat par intermittence, reprenant son souffle après chaque effort.

Je reste sur mes gardes, de peur d'être surpris par un chasseur. Je vérifie les alentours ; ils sont étonnamment calmes. Point d'humain à l'horizon qui chercherait à récupérer son butin.

Je décide de m'approcher prudemment pour identifier le gibier aux dimensions impressionnantes. Je contourne le bosquet et me retrouve tout près.

Quelle surprise ! L'animal non identifié n'est autre qu'un villageois aux formes généreuses qui s'est pris dans un filet.

Le pauvre homme, victime du piège d'un de ses semblables, essaie en vain d'attraper un objet au sol, tapi sous l'herbe. Il est beaucoup trop loin pour qu'il puisse l'atteindre facilement.

Il tente une nouvelle fois en faisant balancer le filet. Mais, celui-ci heurte les feuillages environnants sans se rapprocher de l'objet convoité.

À la vue de ce spectacle, je ne sais pas si je dois éclater de rire ou secourir l'individu qui est visiblement convaincu de lutter pour sa vie.

J'avance et me retrouve à deux pas du condamné. Sentant qu'il est observé, il arrête de se débattre et se retourne. Nos regards se croisent. Il se met à paniquer et à gigoter de plus belle, comme s'il avait perdu tous ses moyens.

Au bout de quelques secondes, il arrête de balloter, l'air tétanisé.

Il s'assied dans le filet chancelant et me fixe du regard. Ses yeux reflètent la détresse dans laquelle il est. Il doit probablement réaliser qu'il lui est impossible de se défendre face à un bonobo dans ces conditions. Il ne semble pas résigné, mais conscient de la situation périlleuse dans laquelle il se trouve.

Il continue de soutenir mon regard, essayant visiblement de deviner mes intentions.

Puis, mes yeux s'affairent autour de notre emplacement pour se fixer sur l'objet qu'il tentait de saisir. Ce que l'homme essayait d'attraper n'est autre que son fusil et sa machette. Je comprends alors qu'il a été délesté de ses armes au moment où il a été pris dans le piège.

Soudain, un craquement dans mon dos me fait sursauter. Je me retourne brusquement, prêt à affronter l'ennemi.

C'est sans doute un chasseur qui vient récupérer son gibier.

C'est Tamila. Prise de peur, elle a finalement choisi de venir à ma rencontre, soucieuse de ne pas me voir revenir rapidement.

Elle arrive à ma hauteur et fixe l'homme, les yeux écarquillés. Plusieurs secondes passent et son regard reste maintenu sur le pauvre captif désarmé, manifestement effrayé d'être désormais en proie à deux bonobos.

Il nous supplie de le laisser en vie en langage humain, sans savoir que nous le comprenons.

Tamila fait quelques pas vers lui, mais reste assez loin pour qu'il ne puisse pas l'atteindre en tendant son bras.

Pris de peur, je pousse un cri, pour la mettre en garde.

L'homme entravé se met à pleurer tel un enfant. Sa peur est telle qu'il n'arrive plus à se contrôler et se soulage dans son pantalon.

Il doit vraisemblablement se dire que la fin est proche.

Tamila et moi continuons à braquer nos regards sur lui. Puis, dans un mouvement synchronisé, nous hochons la tête.

Je contourne le condamné et récupère ses armes. Je m'empare d'abord de la machette que je tends à Tamila. J'empoigne ensuite le fusil.

Alors que je le manipule, l'homme écarquille les yeux et me regarde, sans battement de paupière et sans mot dire. Il semble troublé de constater que je parviens à le manier avec une habileté certaine. Je crois bien que c'est la première fois de sa vie qu'il voit un singe manœuvrer une arme.

S'il savait que je suis presque aussi humain que lui !

Sa respiration s'intensifie, probablement rythmée par la peur qui en accélère la cadence. Je vise en direction de l'homme et attends quelques instants. Il ferme les yeux et se met à invoquer les dieux de ses ancêtres.

J'appuie sur la détente.

Un « bang » assourdissant fend l'air. Le filet tombe avec son contenu. Puis, c'est le calme. Je me tourne vers Tamila. Elle assiste impassiblement au spectacle.

Quelques secondes plus tard, l'homme bouge et tente de se relever.

J'avais tiré exactement sur le nœud qui le maintenait accroché à l'arbre.

Bien qu'au sol et délivré, l'homme constate qu'il est toujours entravé par le filet et panique. Puis, il se met à remuer dans tous les sens, cherchant désespérément une brèche pour sortir de la nasse, qu'il croit manifestement qu'il le maintient encore en captivité. Il réussit finalement à s'en dégager.

Il se lève et se tient debout face à nous, la tête légèrement baissée. Il tremble et sue à grosses gouttes. Il se tâte, comme s'il voulait vérifier qu'il est toujours en vie.

Puis, il lève doucement le front et pose son regard perdu sur moi. Je tiens toujours le fusil en joue. Toutefois, je lutte intérieurement pour chasser les mauvaises pensées de ma tête. Dans ma vie de bonobo, j'ai vécu tellement de choses négatives au contact des humains, que je dois forcer pour les refouler.

L'homme tend le bras vers moi, me priant de l'épargner. Par un petit cri de supplication, Tamila m'invite à le laisser partir. Je décharge le fusil de ses munitions, qui tombent au sol. Je les ramasse et les jette devant l'homme. Il les regarde tomber, bouche cousue.

Conscient qu'il vient d'échapper au pire, il se met ensuite à pleurer de plus belle en me remerciant. Tamila tend la machette au villageois. Ce dernier avance la main. Mais, au lieu de l'arrêter au niveau de l'outil, il empoigne l'avant-bras de Tamila. La machette s'échappe et tombe.

Envahi par la panique, je cherche le regard de Tamila. Elle est tétanisée. Je lance un coup d'œil discret pour m'assurer de la position des cartouches. Elles sont bien à ma portée, à un plongeon de moi.

L'homme tire Tamila vers lui, met un genou au sol et pose un baiser sur sa main.

L'émotion me gagne, prenant le pas sur l'affolement. Mais, je fais tout pour qu'elle ne soit pas visible. Quant à Tamila, elle se laisse submerger. De grosses larmes surgissent et ruissellent sur son visage, la rendant encore plus radieuse.

C'est la première fois qu'une telle scène s'offre à moi et je ne sais pas trop quoi faire. Aussi, je reste là et regarde. Néanmoins, je suis vigilant et prêt à bondir si la situation devait dégénérer.

Il relâche la main de Tamila, que je prends dans la mienne et la tire vers moi. Ensemble, nous faisons un geste de la tête en direction de l'homme en signe de reconnaissance et partons, l'abandonnant derrière nous.

Au lieu de rentrer directement dans notre campement, nous filons nous cacher dans les environs et surveillons le délivré.

Il se remet debout, essuie ses yeux comme pour effacer toute trace de son moment de faiblesse. Il regarde dans tous les coins. Constatant manifestement que tout danger est écarté, il lève les bras au ciel et se met à remercier l'au-delà.

Sans tarder, il récupère son fusil et sa machette et s'enfuit à toute vitesse dans le sens contraire au nôtre.

Nous sortons du bosquet et le suivons à bonne distance, pour qu'il ne puisse pas se rendre compte que nous l'espionnons.

- Je n'aurais jamais cru qu'un homme pourrait courir aussi vite à travers les bois, dit Tamila sur un ton moqueur. Je comprends maintenant l'expression : « La peur donne des ailes ! »

- Celle-là, maître Tierno ne nous l'a jamais enseignée.

L'homme arrive à l'orée du village, au niveau du terrain piégé. Il s'y engage timidement. À intervalle régulier, il s'arrête, regarde à gauche, à droite, devant et derrière lui, comme s'il voulait éviter qu'on le remarque, puis recommence son cirque.

Tamila et moi l'observons, interloqués. Étant loin de lui, nous avons du mal à comprendre ce qu'il est en train de faire.

Serait-il devenu fou après l'épisode qu'il vient de vivre ?

Nous décidons de nous approcher de lui. Nous nous mettons à plat ventre, au ras des hautes herbes, et rampons dans sa direction jusqu'à un parfait emplacement. Il nous offre une vue idéale sur ce qu'il est en train de faire.

Il a entrepris de déterrer les pièges et mines qui étaient destinés aux intrus, notamment aux bonobos.

À chaque fois qu'il en enlève un, il secoue la tête comme s'il regrettait le climat malsain qui perdure entre les humains et les bonobos, et tend les bras au ciel comme il l'avait fait dans la forêt.

Non peu fiers d'avoir peut-être amené un humain à la paix, nous retournons au camp, le cœur rempli d'espoir.

- Ma chérie, la paix est possible entre les bonobos et les humains.
- Tu vas trop vite en besogne. Pour le moment, c'est une seule personne qui est peut-être convaincue chez les humains. Du côté des bonobos, je te signale qu'il n'y a personne.
- Nous sommes déjà deux convaincus.
- Tu ne peux pas nous compter du côté des bonobos.
- Nous ne sommes nulle part alors ?
- Non. Nous sommes au milieu.
- Tu as raison. C'est nous qui pouvons persuader les deux camps et organiser la réconciliation.
- C'est une idée qu'il ne faut même pas envisager. Si les bonobos se rendent compte que nous sommes humains, tu connais le sort qu'ils vont nous réserver.
- Si nous ne faisons rien, la guerre continuera et personne ne sera en paix ! Jamais
- Chut !

Tamila s'arrête et tend l'oreille. Je m'immobilise et en fais de même. Nous ne sommes plus loin du campement. Les cris de nos semblables nous parviennent. Ils sont inhabituels, anormalement aigus et appuyés, laissant percevoir une grande cacophonie.

- Ce n'est pas normal, dis-je. Quelque chose ne va pas.

Nous hâtons le pas jusqu'à l'entrée de notre bivouac. Les bonobos sont attroupés autour de quelque chose et crient à plein gosier. Certains vont et viennent, bouleversés. Ils tapent le sol avec violence comme pour extérioriser leur colère tout en poussant des gémissements stridents.

Étant trop loin pour comprendre la raison de cet affolement général, nous nous frayons un chemin dans la foule et nous rapprochons du centre de la scène.

Bien qu'une rangée de bonobos nous entrave encore la vue, je réussis néanmoins à apercevoir une silhouette au sol. Elle est massive. Son pelage est noir foncé.

Une seconde anatomie se dessine juste à côté. De là où je me trouve, je ne vois pas son visage, mais le gris cuivré de ses poils me permet de l'identifier sans hésitation. Il s'agit du lieutenant du chef.

Je me crispe et chancelle. Je ne veux pas y croire.

Serait-ce notre chef qui est étendu au sol ? Est-ce son corps si majestueux et plein de vigueur qui gît à même la poussière, les branchages et les feuilles ? Ce n'est pas possible !

Sans m'en rendre compte, je laisse Tamila derrière moi et bouscule les témoins du premier rang. Les corps des deux victimes sont profondément entaillés au niveau du poitrail. Les marques laissées ressemblent étrangement à celles causées par les pics que les humains utilisent pour confectionner les pièges. Du sang s'échappe continuellement de leurs blessures.

Dans un élan de désespoir, je pose mes mains sur les plaies du chef en vue de stopper l'hémorragie. Je ne perçois aucun battement de cœur, aucun mouvement de respiration. Bref, il n'y a aucun signe de vie. Je suis choqué. Je n'aurais jamais pu imaginer que ce corps si robuste allait un jour être vidé de toute existence.

Le chef et le second sont morts. Que va-t-il se passer maintenant ? Qui va faire régner l'ordre sur le campement ?

Très vite, j'apprends qu'ils sont tombés dans un piège des humains alors qu'ils effectuaient une inspection. Pendant qu'ils marchaient, le sol s'est dérobé sous leurs pieds. Des branchages cachaient un trou béant au fond duquel reposaient des rangées de grosses pointes clouées sur des planches.

C'est par hasard que les bonobos, qui surveillaient les alentours du camp, les ont entendus crier. Ils ont couru et les ont secourus, mais il était trop tard.

Encore ces humains ! N'y aura-t-il jamais la paix entre eux et les bonobos ?

Les cadavres ensanglantés sont transportés et nettoyés afin de leur redonner une apparence respectueuse. Puis, c'est le début des hommages.

Les dépouilles du chef et de son lieutenant sont exposées sur une tribune confectionnée pour l'occasion, devant une immense assistance de bonobos scindée en deux blocs. D'un côté les femelles et de l'autre les mâles.

Un à un, nous passons devant les défunts pour nous incliner et leur marquer un dernier respect.

Tout le monde est éprouvé par le chagrin.

Nous pleurons nos morts pendant une semaine. Puis, nous organisons la mise en terre.

Les plus costauds sont appelés à contribution. C'est eux qui ont la responsabilité d'inhumer les dépouilles à l'entrée du campement. Les bonobos sont convaincus qu'en les enterrant à cet endroit, ils protégeront chaque membre de la tribu qui entrera et sortira du baraquement.

Nous suivons la scène, le cœur rempli de colère et de désir de vengeance.

À la fin de la cérémonie, au lieu que la foule se disperse, personne ne bouge. Tout le monde reste sur place, dans un calme désarmant, pendant plusieurs minutes. Je ne comprends pas ce qui se passe. Je veux me renseigner chez mes voisins les plus proches, mais je me ravise, découragé par leur degré de tristesse.

Je jette un coup d'œil dans le bloc des femelles. Tamila semble se poser les mêmes questions, à en croire les regards qu'elle lance autour d'elle.

Puis, le bloc des mâles s'écarte et crée un passage. Un mini cortège apparaît et avance à pas lents. Arrivé sur la tribune, il se tourne et fait face à la foule. L'un d'eux fait deux pas en avant. Il est soutenu par deux bonobos qui l'aident à rester debout. C'est la reine de la tribu.

Depuis que j'ai rejoint la communauté, je n'ai jamais eu l'occasion de la côtoyer. Je l'ai toujours aperçue de loin, lors des rares moments où elle sortait de son logis. Elle prend la parole et rend un vibrant hommage aux décédés.

À la fin de son discours, la foule se met à hurler. Cela crée un bourdonnement tellement assourdissant que l'on pouvait l'entendre de très loin.

Puis, la vieille lève le bras. Les cris stoppent aussitôt.

- Comme le veut notre tradition, mon discours met fin au deuil de nos braves chefs guerriers. Par vos hurlements, vous leur avez communiqué cette information. Ils sont désormais nos anges protecteurs. Maintenant, il nous faut trouver de nouveaux représentants à cette mission. Il y va de notre sécurité intérieure et extérieure. Nous n'allons pas déroger à la règle habituelle, c'est par consensus qu'ils seront choisis. Je vous fais confiance. Que les meilleurs gagnent !

Dès lors, les luttes pour commander le groupement s'engagent.

Chacun a son mot à dire, sur chacune des décisions. Les discussions sont interminables. Il n'est pas rare que certains en viennent aux mains. Mais, comme toujours chez les bonobos, cela se termine bien.

Plusieurs jours plus tard, nous n'avons toujours pas de chefs et la tribu semble de plus en plus désorganisée et ingérable.

Les tractations s'enlisent. Certains se saisissent de la moindre occasion pour montrer leur supériorité physique, notamment les bonobos femelles qui arrivent à mieux s'organiser en coalition.

Constatant cela, la doyenne rassemble à nouveau tout le monde et fait une nouvelle déclaration.

- Nous sommes à cinq jours de l'affrontement que nous préparons depuis un bon moment maintenant. Nous avons perdu nos valeureux chefs. Je suis consciente que cette perte est déstabilisante. Mais, elle ne doit pas contrecarrer notre attaque. L'assaut que nous avons prévu doit avoir lieu. Ce n'est donc pas de simples responsables que nous voulons choisir, mais des guerriers qui nous mèneront à la victoire.

La foule crie et manifeste son adhésion à cet objectif. Mais, moi, j'ai du mal à l'accepter, car si je comprends la haine profonde qui anime mes semblables, je ne peux pas m'empêcher de penser au spectacle réjouissant de l'homme que Tamila et moi avons épargné et qui est retourné au village pour enlever les pièges qui nous étaient destinés ; sans compter que nous sommes à la base des humains.

Cette guerre va ruiner tous les espoirs de voir les bonobos et les humains se réconcilier un jour. Si je refuse de combattre, je me mettrais en danger, d'autant plus que je suis l'un des derniers à avoir rallié le groupe. Je ne peux pas raisonnablement aller à contre-courant de ce qui était planifié. Je dois m'y plier.

- Nous devons sortir de l'impasse dans laquelle nous nous trouvons et qui ne peut plus durer, poursuit la doyenne. Nous ne pouvons rester sans commandement plus longtemps. J'ai donc consulté certains d'entre vous. Pour vous départager, nous allons organiser deux parcours sportifs. Les premiers seront retenus et combattront entre eux. Le meilleur sera nommé chef et le perdant deviendra son second. Ainsi, le désordre cessera dans le camp.

Tout le monde acquiesce.

Si je veux peser dans les décisions, je dois y aller.

Je me lance dans la compétition.

La première étape est une épreuve mêlant rapidité, agilité et tactique. Il s'agit de partir d'un point A jusqu'à un point B en évitant les pièges placés çà et là, le tout dans un temps limité. Je ne suis pas inquiet, car ce genre d'épreuve m'a toujours réussi.

Mon groupe se met sur la ligne de départ. Chacun des participants porte une lourde charge. Dès le signal, nous nous lançons sur le parcours. Nous progressons au sol, dans l'eau et parfois dans la boue. Nous sautons dans les branches. Sans grande surprise, je termine premier et obtiens mon visa pour l'étape suivante.

Le jour de l'épreuve de combat arrive. Elle a lieu dans une grande scène aménagée pour l'occasion. La reine mère assiste au spectacle.

Mon adversaire, finaliste du deuxième groupe, est un mâle d'une corpulence supérieure à la mienne. Il s'appelle Douzou. Je l'ai déjà affronté plusieurs fois sur ce genre d'exercice. Il s'est toujours montré tenace et particulièrement endurant. Par contre, son incontrôlable envie de gagner l'a souvent poussé à enfreindre les règles, ce qui lui a valu d'être réprimandé par le chef à plusieurs reprises.

Nous nous tenons sur la scène, au milieu d'une assemblée impressionnante. Aucun bonobo n'a manqué au rendez-vous. Tamila est aux premières loges. D'un coup d'œil, je peux la voir et me ressourcer.

Le combat commence.

Je fixe mon concurrent droit dans les yeux, en essayant de lire dans ses pensées et d'anticiper ses gestes.

J'avance, je recule, feinte une attaque et tente de le prendre à contre-pied pour le terrasser. Le grand parvient à suivre ma cadence.

J'accélère progressivement. Il semble peiner. Sa masse le prive de la légèreté nécessaire pour me suivre.

Fatigué de me voir bondir et rebondir, le molosse arrête de mimer ma danse, prend une grande inspiration et fonce sur moi tel un lutteur décidé à en finir.

C'est justement ce que j'attendais.

Lorsqu'il arrive à ma hauteur, je me baisse, l'attrape au niveau du bassin et le projette derrière moi en faisant une roulade arrière et en le propulsant avec mes pieds.

Le costaud s'envole d'environ cinq mètres avant d'atterrir au sol, sur le dos. J'attends qu'il se relève. Tant bien que mal, il se remet debout.

Manifestement, Douzou ne comprend pas ce qui lui arrive. Il secoue la tête pour retrouver ses esprits. L'assemblée applaudit, impressionnée par ma technique de combat et l'exploit.

Se sentant humilié, mon adversaire me fait comprendre qu'il ne me fera plus de cadeau.

Je le fixe une deuxième fois. Ses yeux sont rouges et témoignent de sa colère.

Douzou me fonce de nouveau dessus. J'esquive en faisant un pas sur le côté, mais il a anticipé mon mouvement. Aussitôt, il change sa trajectoire et m'assène un coup dans l'épaule droite. Je perds l'équilibre et tombe sur le flanc.

Bravo, Douzou ! Ce coup-là, je ne l'ai pas vu venir !

Alors que je me lève, mon opposant me donne un coup du poing. L'assemblée, en furie, réclame l'arrêt du combat pour tricherie. Il aurait dû attendre que je me relève avant de reprendre la confrontation.

Voulant obtenir une victoire sans équivoque, je demande à ce que l'épreuve ne soit pas interrompue, ce qui est accepté.

Si je dois être chef, je ne veux pas que ma position puisse être contestée. Il faut que ma victoire soit nette et impeccable.

Le combat reprend. Tantôt j'encaisse un coup ; tantôt j'en donne. Cependant, Douzou semble se fatiguer beaucoup plus vite que moi et il est de moins en moins vigilant. Par moments, il boitille et trébuche. Il s'est visiblement fait mal lorsqu'il a chuté.

J'exploite ce point de faiblesse et profite de l'instant où il prend appui sur la jambe affaiblie pour le bousculer avec force au sol. Sans opposer de résistance, il tombe de tout son long. La foule met fin au combat et me déclare vainqueur.

Douzou, bien que déçu, me félicite le premier. Le reste de la tribu me salue en signe de reconnaissance et de soumission.

La reine, toujours soutenue par deux bonobos, nous retrouve sur la scène. Elle félicite d'abord Douzou, lui remet son titre de capitaine avant de lui faire une accolade.

Puis, elle se tourne vers moi. De la même manière, elle me prend dans ses bras et me congratule.

Les bonobos sont en liesse et laissent éclater leur joie, témoignant ainsi de la fin de l'état de frustration dans laquelle notre groupe se trouvait.

Puis, le silence s'installe. Tous les regards sont braqués sur nous. La mère supérieure ouvre sa main gauche et dévoile un médaillon, qu'elle déplie avec soin et brandit à la foule avant de le passer autour de mon cou. Puis, elle me remet mon grade de commandant en chef avant de se retourner vers la foule.

- Longue vie et force à notre nouveau chef guerrier ! lance-t-elle vigoureusement.

Ce slogan est tout de suite repris par les bonobos. Pendant près d'une minute, je reste là, fier, balayant l'assemblée du regard pour assoir mon pouvoir.

Puis, je me retire dans ma nouvelle hutte pour récupérer. Tamila me rejoint. Nous passons un agréable moment, suivi d'une longue discussion.

- Mamba, je suis tellement fier de toi. Mais, en même temps, j'ai peur de ce qui pourrait arriver si le combat contre nos anciens semblables tournait mal. Il faut peut-être en finir avec eux, mais pas à n'importe quel prix. Il existe des hommes de bonne volonté. Rappelle-toi l'homme que nous avons épargné dans la forêt.

- Tamila. Ne t'inquiète pas. Je ne compte pas mettre en danger notre famille de manière inconsidérée. Cependant, il y aura forcément des pertes. Je ne pourrai jamais pardonner aux humains la perte de notre chef. C'était mon deuxième père. C'est lui qui m'a recueilli alors que j'étais seul dans les montagnes. Il a veillé à ce que je ne manque de rien. Il m'a défendu et intégré au groupe. Il m'a appris tout ce que je devais connaître pour survivre. À présent, je lui succède et porte le médaillon qui le rendait si grand. Je ne veux pas le décevoir. Je dois continuer son œuvre.

- Est-ce que chercher la paix par un autre moyen que la violence le rendrait moins fier de toi ? Est-ce au nombre de victimes que l'on est reconnu et respecté par les siens ?

- Tamila, je ne souhaite pas continuer cette conversation. Je dois préparer l'affrontement. Tu l'as bien entendu ; il a lieu dans cinq jours.

Je sors et rejoins mon second dans le logis de crise. Il n'a gardé aucune rancœur de notre combat. Le travail avec lui est agréable et ses propositions sont constructives.

Nous passons en revue la stratégie et la tactique préparées par nos prédécesseurs et y intégrons nos modifications.

Le jour suivant, nous réglons les détails et y apportons la touche finale. Puis, nous convoquons les chefs de troupe pour les briefer.

Nous sommes tous debout, autour d'une souche d'arbre qui fait office de table. Avant de prendre la parole, je dispose quelques cailloux sur le meuble, représentant les points de repère du village.

- Notre plan est simple. Une petite troupe partira en éclaireur quelques heures plus tôt, pour guetter les mouvements suspects des humains et nous les rapporter. Si rien d'inquiétant n'est constaté, alors nous occuperons les positions névralgiques. Ainsi un groupe se postera à chaque point cardinal du village. Sergent Ganzi, avec ton bataillon, tu seras à l'ouest, ici, derrière l'Église. Sergent Igou, toi et tes combattants, vous vous positionnerez à l'est, là, à l'entrée du marché. Capitaine Douzou, tu le sais déjà, tu seras au sud avec les bonobos de ton régiment, exactement à cet endroit, près du cimetière. Le gros des troupes, le mien, se placera du côté de l'entrée nord, non loin du puits, ici. Les attaques seront simultanées. Ainsi, le village sera encerclé et les humains auront du mal à batailler sur les quatre fronts en même temps. Capitaine Douzou, la suite du plan.

- À vos ordres, Chef. Nous n'attaquerons pas la nuit. C'est le moment où les humains sont les mieux organisés pour combattre, notamment avec leur déploiement de sentinelles. Par contre, au lever du jour, l'attention des gardiens est moindre, car non seulement ils sont exténués de leur nuit, mais en plus ils ne s'attendent vraiment pas du tout à un assaut à ce moment précis. C'est justement à cet instant-là que nous entrerons en action, par un sifflement strident et saccadé que donnera le chef. Comme il ressemble étrangement à celui d'un oiseau nocturne de la forêt, ils n'y verront que du feu.

- Merci capitaine Douzou. Des questions ?

Je réponds à quelques interrogations de mes chefs d'unité. Puis, je leur demande d'aller préparer leurs troupes.

Les trois jours qui suivent sont assez éprouvants pour chacun d'entre nous. Nous répétons les exercices pour être dans la meilleure condition physique possible. Nous redoutons de perdre l'un d'entre nous, mais sommes tous convaincus qu'il faut en découdre avec les humains pour retrouver la paix.

Le jour de l'affrontement arrive. Comme prévu, nos éclaireurs font un tour chez les humains. À leur retour, ils nous informent qu'ils n'ont constaté aucun mouvement de troupes. Ils ont plutôt vu un village très calme.

Mes combattants accueillent cette nouvelle avec jubilation. Mais, moi, je ne me sens pas rassuré. Maître Tierno nous disait toujours qu'il faut se méfier de l'eau qui dort ; elle annonce généralement la tempête.

Mon second et moi décidons de poursuivre le plan.

Dès la tombée de la nuit, nous quittons le camp. Je prends la tête du cortège. Tous les bonobos me suivent en silence, parfaitement disciplinés et concentrés.

Nous arrivons près du village. Je fais signe au bataillon de se diviser pour que chaque section gagne sa position.

Des sifflements doux, envoyés de proche en proche, m'indiquent qu'ils ont atteint leurs postes. À mon tour, j'ordonne à mon régiment de se mettre en position côté nord et nous attendons les premiers signes du crépuscule du matin.

Mon regard est attiré par des signes visibles au sol, à l'entrée du village. La lumière de la lune est cependant trop faible pour que je puisse les lire distinctement. Je suis très étonné, car nos éclaireurs ne nous en ont pas parlé.

Je soupçonne que ceux-ci sont récents et qu'ils ont probablement été tracés après leur passage. J'invite mes troupes à redoubler de vigilance. Connaissant les humains et leur amour pour les choses mystiques, je pense tout de suite à des signes de croyance.

L'idée de revoir notre stratégie me traverse l'esprit, mais il est trop tard pour en changer. Déterminés dans leur envie d'en découdre avec les humains, les bonobos n'accepteront aucun report de l'attaque. Cela risquerait de me faire perdre ma légitimité de chef et pousserait les bonobos à se poser des questions sur moi.

Je décide d'attendre encore un peu, le temps de vérifier ce que ces signes peuvent vouloir dire. Mes combattants sont nerveux. Nous parvenons bien à reconnaître un grand cercle. Un trait vertical part d'un côté et s'arrête en son centre.

- S'agirait-il du signe de la paix ? demande mon assistant.

- Que nous mijotent ces humains ?

- C'est bien la première fois qu'ils ont recours à ce type de symbole.

- Pourquoi l'auraient-ils utilisé justement le jour où nous décidons de les attaquer ? Auraient-ils été avertis de nos intentions ?

Nous n'avons plus aucun doute. Le signe de la paix apparaît nettement.

Je lance un regard au-delà du champ piégé et identifie trois groupuscules de sentinelles.

La première faction, constituée de quatre personnes, mène des rondes. Leurs armes sont accrochées en bandoulière. À les voir marcher, je trouve qu'ils sont détendus, trop à mon goût.

C'est peut-être simplement parce que la fin de leur service approche.

Le second groupe est debout, non loin, et discute. Les échanges semblent passionnés, si j'en crois leurs gesticulations.

Le dernier n'est composé que de trois hommes. Ce sont probablement les plus fatigués. Ils sont assis sur des pierres et leurs bustes balancent comme s'ils somnolent.

C'est le moment d'agir.

Je siffle légèrement pour que ma troupe se tienne prête. Au moment où je m'apprête à lancer le cri strident saccadé, la végétation autour de nous se met à gronder et à trembler. Puis, des lampes aussi éblouissantes les unes que les autres s'allument, de partout.

- Que se passe-t-il ? lancent mes combattants.

Par réflexe, nous serrons les rangs et formons un ensemble compact.

Les humains jaillissent de tous les côtés et nous encerclent. Nous sommes pris au piège. Ils sont lourdement armés de leur attirail habituel : fusils, machettes, gourdins... Ils lancent de grands cris de guerre.

Je prie pour que le reste de mes troupes les entendent et volent à notre secours.

Quatre soldats humains m'attrapent et me pointent leurs fusils sur la tempe. Je ne résiste pas. Je veux épargner chacune des vies de mes combattants.

Les autres soldats humains approchent. Leurs regards sont fixement posés sur nous et ils arborent un air victorieux. Je reconnais la majorité des hommes. Je les côtoyais dans ma vie antérieure.

Si seulement je pouvais communiquer avec eux sans craindre de me faire attaquer, que ce soit par eux ou par les miens !

Hélas, je ne peux rien dire. Je ne lance pas les hostilités, mais envisage de déclencher immédiatement la riposte s'ils se mettent à nous cogner dessus. Je fais signe à mes bonobos de ne pas bouger.

Au même moment, les humains s'écartent. Je vois mes autres escadrons avancer, sous la garde des soldats humains. Ils nous rassemblent tous.

Je constate que nous avons été tous pris au piège.

Quelle poisse !

Quelques minutes après, les humains créent à nouveau un passage. Un homme apparaît et avance vers moi, à pas fermes et cadencés. Il est habillé en boubou traditionnel, semblable à celui que les combattants humains de l'époque portaient lors des guerres. Sur sa tête, trône majestueusement un grand chapeau flanqué de deux longues plumes d'oiseaux disposées comme des cornes.

Je comprends tout de suite qu'il s'agit de leur chef. Cependant, il est encore loin et la lumière des lampes torches m'empêche de voir son visage.

Le grand manitou approche.

Arrivé devant moi, il se poste droit comme un i et me fixe. Je pose aussi mon regard sur lui. Son visage laisse transparaître à la fois fermeté et bienveillance, si bien qu'il m'est impossible de deviner ses intentions.

Le silence règne. Chacun des camps semble attendre le signal que son chef donnera et qui tarde à venir.

À force de l'observer, je réalise, curieusement, que son visage me dit quelque chose.

Je suis sûr d'avoir déjà vu cet homme. Mais où et quand ?

Mais oui ! Cela me revient maintenant !

C'est le chasseur que Tamila et moi avons libéré du filet dans la forêt. J'étais loin de me douter que c'était le chef des humains ! Probablement le nouveau responsable de la sécurité que je n'avais pas encore croisé avant mon départ pour le rituel.

Aurait-il oublié ce qui s'est passé dans la forêt quelques jours plus tôt ?

Il lève sa main droite, l'immobilise une dizaine de secondes, puis ferme le poing. À ce signal, les humains baissent leurs armes et les pointent vers le sol.

Je suis stupéfait de cette scène. Du coin de l'œil, je regarde mes troupes, elles semblent dans le même état que moi. Puis, monsieur Hardman se met à parler d'un ton ferme et majestueux.

- Aujourd'hui est un grand jour. Le moment est venu de vivre en paix avec les bonobos. Trop de sang a coulé. Voici ma main, que je vous tends. Acceptez ce geste et restons en paix.

Je fais semblant de ne pas comprendre ce qu'il dit.

J'hésite à accepter la main tendue. Pour autant, je suis convaincu qu'il est sincère.

Ce n'est pas le scénario que j'avais imaginé !

Je fixe le chef des humains dans les yeux. Puis, je balaie rapidement sa troupe du regard afin de m'assurer que personne ne bouge. C'est manifestement le cas. Tous semblent attendre ma réaction, à présent.

J'entends de petits cris de désapprobation venir de mes rangs. Je ne dis rien et reste concentré sur la décision que je dois prendre.

- Qu'attendons-nous pour nous battre ? demande le capitaine Douzou. Même si nous sommes encerclés, nous avons la capacité de prendre le dessus.

Certains membres de mes troupes acquiescent. Je ne sais pas quoi faire et ne réponds pas à mon lieutenant.

Une occasion comme celle-ci ne se présentera pas deux fois. J'ai la possibilité de conclure un pacte de paix avec les humains sans que personne ne soit sacrifié. Mais comment expliquerai-je cela à mes soldats qui ne voient pas les choses de la même façon ?

Je fais signe à mes combattants de se calmer. Mais, les messes basses continuent. Je hurle, si fort qu'ils s'immobilisent et se mettent en silence. Je suis d'ailleurs moi-même surpris de ma performance.

L'heure est grave. Les paroles de Tamila me reviennent à l'esprit. J'ai peur de décevoir mon père, les miens.

J'hésite et me résous finalement à répondre favorablement à l'invitation de monsieur Hardman.

Nous échangeons une poignée de main pour sceller la paix entre nos tribus. Assez timide au début, elle se termine de façon franche et cordiale.

Quelques-unes de mes subordonnées manifestent encore leur opposition, dont le capitaine Douzou. Pendant l'accolade, il a émis un cri strident. Mais, je ne me laisse pas déstabiliser.

Le moment est magique.

Je regarde le chef des humains et me remémore le moment où nous étions face à face dans la forêt ; cet instant où chacun d'entre nous avait pu lire la peur, la haine et la compassion dans le regard de l'autre se solde par une paix que j'espère durable.

Monsieur Hardman fait un pas en arrière. Il enlève le boubou qu'il porte, le plie délicatement et me le tend des deux mains, sous les yeux ébahis des combattants.

- En souvenir de ce jour, dit-il d'un ton solennel, voici mon présent.

Je suis très surpris et honoré par ce geste lourd de signification.

Après un court moment d'hésitation, je tends les mains et le prends, en faisant un geste de remerciement de la tête.

Je dois absolument lui offrir quelque chose en retour. Mais, quoi ?

Je creuse rapidement mes méninges et réussis à trouver une solution : mon médaillon de chef guerrier. Je l'enlève du cou et le donne au chef des humains, qu'il l'accepte avec émoi.

Puis, il ordonne à ses combattants de reculer pour nous frayer un chemin à travers la muraille qu'ils forment. Ses hommes s'exécutent et nous laissent avancer.

Les traits tirés et durs que je lisais sur leurs visages ont laissé place au soulagement et à l'apaisement.

Je prends la tête du cortège et nous retournons chez nous, alors que le soleil se lève.

Derrière nous, les humains entonnent des chants de paix et se mettent à ratisser la zone piégée qui entoure le village.

Enfin !

Nous nous enfonçons dans la forêt, emportant ce spectacle dans nos mémoires, que j'espère aussi dans nos cœurs.

Nous arrivons près de notre campement. Je fais signe aux troupes d'avancer.

Alors qu'il passe devant moi, un des bonobos laisse échapper son mécontentement.

- Lâche !

Je bondis sur lui.

Il est hors de question que mon autorité soit mise à mal devant tous.

Le contrevenant ne s'oppose pas. Il fait diligence en se tapissant au sol. Je le laisse partir. Néanmoins, je sais que dorénavant, je dois garder l'œil ouvert.

Je m'éloigne en compagnie de Tamila. Nous regagnons un coin isolé.

Sur notre chemin, nous croisons un jeune bonobo. Son attention est mobilisée par un objet qu'il s'amuse à jeter en l'air. Je m'approche de lui et distingue un petit insecte.

Je l'interpelle.

- Mon petit ! Ce minuscule animal aimerait vivre comme toi. Que dirais-tu si plus grand que toi te faisait la même chose et jouait avec ta vie ?

Interloqué, il me regarde. Puis, il pose ses yeux sur l'insecte qui essaie de s'enfuir sans succès.

Après quelques hésitations, il abandonne son jouet et se précipite pour rejoindre les autres.

Tamila et moi continuons notre escapade.

Nous arrivons au point que je voulais atteindre. D'un air interrogateur, Tamila m'observe. Je m'approche d'un arbre et commence à creuser à son pied.

- Mais que fais-tu ? me demande-t-elle.

- Je récupère un objet qui m'est précieux et que je croyais ne jamais déterrer un jour.

Plein de fougue, je creuse énergiquement. Puis, estimant être proche de mon butin, je ralentis mes mouvements. J'aperçois le morceau de tissus dans lequel j'avais enveloppé mon trésor. Je le récupère et le dénoue. Une fois en main, je me tourne vers Tamila.

Elle s'approche de moi. Je noue délicatement ce symbole d'union à son cou, sans témoin. Mais, qu'importe, nous sommes de nouveau réunis.

L'émotion est tellement intense qu'aucun de nous deux ne peut prononcer un seul mot. Nous nous prenons dans les bras l'un de l'autre, comme de véritables bonobos.

Quelques jours plus tard, je cherche mon boubou et ne le trouve pas. Puis, je me souviens que Tamila l'a pris. Elle adore cette tunique ancienne et la porte régulièrement, beaucoup plus que moi d'ailleurs.

Je décide de la rejoindre dans la forêt, là où elle a l'habitude de s'isoler, pour s'offrir un instant personnel.

De loin, je l'aperçois, assise sur un tronc d'arbre. Son buste est légèrement penché en avant et elle semble très concentrée sur ce qu'elle fait. Le boubou est étalé devant elle.

Quand je m'approche, je surprends une conversation qui me fait froid dans le dos.

- Allo ! Allo ! Ici Gazelle. Je confirme que le paquet est en place. À vous.

À suivre, ne manquez pas le prochain épisode.
(À paraître en décembre 2018)

Table des matières

Le rituel prénuptial 7
La métamorphose 45
L'apprentissage 71
L'antidote 97
Sujette 129
La cueillette 159
Deux cadavres de trop 191

Les auteurs

Paul Tsamo : Né au Cameroun, il a fait des études universitaires à Yaoundé, soldées par une licence en informatique. Il devient enseignant pendant 5 ans. En 2000, il s'installe en France et reprend des études supérieures au Centre National d'Enseignement à Distance et au Conservatoire National des Arts et Métiers, en parallèle de son activité professionnelle. Il obtient un brevet de technicien supérieur en informatique industrielle, puis un diplôme d'architecte des systèmes d'information. Il soutient, quelques années plus tard, une thèse professionnelle en économie et gestion de la santé. Il a occupé le poste de Directeur des Systèmes d'Information dans un hôpital de la région parisienne. Aujourd'hui, il travaille à Paris dans une agence nationale française rattachée au Ministère de la Santé. Il est aussi titulaire d'un diplôme canadien en scénarisation et en réalisation de cinéma.

Amisi Lieke : Née en République Démocratique du Congo, sa famille arrive en France alors qu'elle est âgée de 6 mois. Après des études primaires et secondaires à Toulouse et universitaires à Lyon, sa passion pour les langues la conduit à valider un diplôme en assistanat de direction trilingue et interprétariat Français - Anglais - Allemand. Sa curiosité la pousse à s'initier au japonais. À l'issue d'une première expérience professionnelle de 5 ans à Düsseldorf, elle revient en France en 2002 et intègre une grande société de courtage en assurance dédiée aux entreprises, d'abord en tant qu'assistante, puis en tant que conseil en matière de gestion des sinistres auprès de filiales françaises de groupes étrangers.

Remerciements

Nos ardents remerciements vont à Aurélie Le Guern, Serge Fotio Kenne, Philippe Crépin et Marcel Nguefack qui ont bien voulu accepter de consacrer un peu de leur temps à la relecture de ce roman.

Retrouvez notre actualité sur le site

http://www.mopimopi.com[1]

---

[1] « **Môpi môpi** » en langue Bamiléké (Dschang - Cameroun) signifie « **petit à petit** »

Édité par **BoD** - Books on Demand, 12/14 rond point des Champs Élysées, 75008 Paris, France

Imprimé par **BoD** - Books on Demand, Norderstedt, Allemagne

ISBN : 978-2-322-08487-6

Dépôt légal : décembre 2017